la pet

Les forêts de Ravel

DU MÊME AUTEUR

Comme un enfant, Le Temps qu'il fait/Lettres du Cabardès, 2003.

Le Ciel entre les feuilles, avec des photographies de Jean-Marie Lecomte, Éd. Noires Terres, 2003.

La Meuse sentimentale, avec des photographies de Jean-Marie Lecomte, Éd. Noires Terres, 2004.

La Tranchée de Calonne, Prix Erckmann-Chatrian, La Table Ronde, 2007.

La Maison du docteur Laheurte, Prix Maurice-Genevoix, La Table Ronde, 2009.

Le Corps de la France, Prix littéraire de l'armée de terre Erwan Bergot, La Table Ronde, 2010.

Pour Genevoix, Prix Grand Témoin de la France mutualiste 2013, Prix Georges Sadler de l'Académie de Stanislas de Nancy 2013, La Table Ronde, 2011.

La Grande Guerre vue du ciel, avec des photographies d'Isabelle Helies et Sylvain Pétremand, Perrin, 2013.

Mes Tours de France, La Table Ronde, 2014.

Visages de Verdun, Perrin, 2016.

Deux remords de Claude Monet, La Table Ronde, 2016.

Michel Bernard

LES FORÊTS DE RAVEL

Roman

La Table Ronde
26, rue de Condé, Paris 6e

www.editionslatableronde.fr

À la mémoire de

MAXIME.

Prologue

Le dimanche en fin d'après-midi, dans les années soixante, l'ORTF diffusait une émission au titre tendre et gai. *Bonnes Adresses du passé* était un avatar culturel de la télévision du temps qu'elle prétendait montrer au peuple les gloires du génie français. Le réalisateur allait recueillir dans leurs demeures, vieux appartements parisiens du septième, du seizième ou du dix-septième arrondissement de Paris, manoir du Perche ou gentilhommière de l'ancien département de Seine-et-Oise, les témoignages de personnes d'un certain âge qui, autrefois, avaient bien connu tel écrivain, peintre ou musicien célèbres d'avant la guerre. Là avait vécu le grand homme ; il avait écrit sur ce bureau, peint ou sculpté dans cet atelier, pris ses repas sur cette table, dormi dans ce lit. On finissait par aller dans le parc ou le jardin aperçu derrière la fenêtre pendant l'entretien. On en faisait le tour sur les pas du témoin et du journaliste. Le grand homme aimait les roses, il les coupait lui-même, tout comme son bois, certains matins d'hiver, par hygiène. Il aimait ce cèdre au milieu de la pelouse et ce banc où il lisait le journal, adossé au mur chaud de soleil, la tête dans l'ombre de la glycine. Nos regards, suivant le mouvement de la caméra, remontaient l'allée entre les tilleuls, les rangées de buis et les colonnettes des balustrades, jusqu'aux nuages lents et légers sur l'horizon. C'était énigmatique et merveilleux, et ne servait à rien, sauf à refermer le cœur d'un enfant sur l'album de famille que ma mémoire feuillette maintenant.

C'est dans une des émissions de *Bonnes Adresses du passé* que j'ai dû voir Céleste Albaret évoquer Marcel Proust. La fidèle servante, pauvre et sans famille, dévouée à la mémoire de l'écrivain, avait passé ses dernières années, de 1954 à 1970, dans une maison mise à sa disposition par Édouard Ravel. Il avait ainsi trouvé un usage à la villa de

Maurice, son illustre frère, inoccupée depuis la mort du musicien, avant que les Musées nationaux, légataires du bien, n'en confient l'entretien à la ville de Montfort-l'Amaury. L'émission avait été tournée dans un des petits salons de Maurice Ravel, près d'une de ces fenêtres d'où l'on apercevait les pâtures de la côte d'en face et le sombre ourlet de la forêt de Rambouillet. Là avait été recueilli le témoignage de la vieille dame, et c'est là que je l'ai entendue causer, avec l'accent de sa campagne, de l'écriture d'*À la recherche du temps perdu* et des tourments et manies de son auteur.

Ces vieux logis parcimonieusement éclairés par les écartements des rideaux, ces parcs avec leurs buis pointus et carrés, leurs grands arbres aux ramures imprimées sur le ciel, et, sous les pas des promeneurs invisibles, le bruit des graviers, me parlaient de mes grands-parents et de leur maison, la villa Marguerite, villégiature décatie à flanc de colline au-dessus de Bar-le-Duc. Enfant, j'y passais les vacances, entre les bois et les champs, et la lucarne du grenier. Dans la salle à manger, suave et précis, le carillon saluait chaque heure de quelques notes de l'*Ave Maria* de

Gounod. Il était beaucoup moins fort que le coq. Par intermittence, son chant traversait la maison comme gicle dans l'ombre de l'atelier un trait de cuivre en fusion. À tous, au voisin là-bas qui taillait ses groseilliers, à la grand-mère qui montait le sentier, le cabas à la main, au facteur qui poussait son vélo, et à la côte entière, il donnait la force et le courage du jour. L'égosillement du petit animal rendait heureux jusqu'aux os. En juillet, le *Te Deum* de Charpentier nous ralliait devant le poste de télévision pour la retransmission de l'étape du Tour de France. J'entendais, depuis le jardin, selon les mouvements de l'air, les vastes et fusants lambeaux du son des trompettes, pareils à des linges de couleur agités aux fenêtres. Ils étaient l'écho luxueusement raffiné et prolongé du chant du coq.

Du jardin de mes grands-parents partaient en tous sens des sentiers accessibles par d'étroits portails serrés dans les haies et les grillages sur lesquels croulaient le chèvrefeuille et le chanvre. Ils sinuaient entre les clôtures vers d'autres pavillons démodés, d'autres cabanes, d'autres bois, vergers, prés et jardins. Leur maison et son univers, potager, clapier et poulailler, accrochés à la côte de Behonne au-dessus de Bar-le-Duc, suivaient le mouvement de la pente et semblaient s'y tenir en équilibre. Si ses habitants, ensemble, avec le coq, les poules et les lapins, s'étaient précipités vers le cerisier chargé de fruits, tout aurait glissé, je le redoutais, au bas de la côte. En chaque point du royaume, debout sur le bord du monde, il suffisait d'abaisser les yeux pour voir la ville, lointaine et proche. Pareils à des oiseaux assis dans le ciel, on la découvrait au bout de nos pieds. Le regard embrassait ses toits de tuiles, l'ardoise des bâtiments officiels et des banques, le lycée, la préfecture, les squares, le ruban variable du canal – jaune, vert, argent, noir – et, parallèles à son trait, les peupliers à la file le long de la rivière.

Bonnes Adresses du passé avait sans doute été tôt supprimé par les programmateurs. Je n'en ai trouvé aucune trace, même dans les archives que l'Institut national de l'audiovisuel a rendues accessibles. Les scènes que la fugitive émission m'avait montrées se sont réfugiées en moi. Je ne les distingue plus qu'à la faveur d'une certaine densité de poussière dans un rai de lumière. Reste aussi, à la surface de ma mémoire, convocable à volonté, le film du générique, avec la grille dont je revois le double et lent mouvement d'ouverture, les feuillages frémissant d'ombres de l'allée forestière où s'encadraient les lettres du titre, et le château au fond du parc, tendu comme le drap d'un écran dans le soir. En repassant ces images, j'entends, avec la précision parfaite du souvenir, la musique qui accompagnait le défilé des premiers plans et ces mots délicieux, que je répète pour le plaisir de les dire et faire écouter : *Bonnes Adresses du passé.* Cette élégante mélodie, je la reconnus par hasard, des années après, dans un théâtre parisien où elle était jouée à la fin de la représentation : *Mazurka en ré majeur* de Frédéric Chopin, allègre pièce de piano dont les notes vivement égrenées, pivotant sur l'axe d'une rengaine pour orgue de barbarie, dessinaient avec une joyeuse nostalgie le mouvement sans fin de la spirale : la remontée heureuse du passé et son épanchement dans le présent.

Le conducteur Ravel

Au milieu du mois de mars 1916, dans les rues de Bar-le-Duc, coiffé du casque des artilleurs dont la plaque frontale figure deux fûts de canon entrecroisés et vêtu d'une pelisse qui le faisait paraître un ours, un petit ours d'un mètre soixante et un, Maurice Ravel tenait et tournait à force de bras le grand volant d'un poids lourd de l'armée française. C'était un camion Ariès, un de ces engins que la France, transformée en un immense complexe de production d'obus, de canons, de fusils, d'armes automatiques et autres machines de guerre, sortait alors en grande série des centaines d'usines organisées en hâte, pour nourrir, la guerre durant, la guerre elle-même.

L'engagé volontaire Ravel était arrivé à la fin de l'hiver dans la petite ville de l'Est pleine d'unités de toutes armes et de toutes provenances, de chevaux et de mulets, d'automobiles et de fourgons. L'appareil de la guerre était répandu dans tous les quartiers de la modeste préfecture. La proximité du front avait progressivement augmenté l'étendue de son agglomération de baraquements et parcs de matériel. Dans ces dépôts et ces remous d'hommes en bleu, se trouvaient des combattants qui avaient vu tous les secteurs du front et des embusqués qui n'en connaissaient que la rumeur. Les uns, résignés, attendaient d'y retourner, les autres travaillaient à les y renvoyer.

Maurice Ravel était parti à la guerre au matin du 10 mars. Il venait d'avoir quarante et un ans. Depuis la banlieue parisienne, après deux journées et une nuit d'un voyage éprouvant, il avait débarqué un soir sur le quai de la gare de Bar- le-Duc, dans la Meuse, sa première affectation dans la zone du front. Sous la vaste halle de verre et d'acier encore intacte de la ligne Paris-Nancy, montaient les bruits des troupes en transit, éclats de voix et raclements de fer, les heurts des mécanismes de fonte et d'acier des convois à la manœuvre, et les sifflements des chaudières des locomotives. Dans ce velum sonore d'appels, d'ordres, de grognements, de jurons, où fusaient les exclamations joyeuses des rigolos, l'absence de voix féminines était soulignée par les frottements des souliers cloutés sur la pierre et le pavé. Rien d'autre, ou alors, en écoutant bien, par-dessus le désordre des sons de la gare militaire, dans le grand silence de l'espace, au fond de l'air : là-bas, peut-être, au plus lointain, ce grondement subtil comme une sensation qui hésite. La bataille de Verdun avait commencé dix-neuf jours auparavant, le 21 février, à cinquante kilomètres au nord. C'était le front, pour la première fois et en son point le plus brûlant. Il l'approchait enfin.

La grande bataille avait aspiré de Paris vers la préfecture de la Meuse le conducteur Ravel. Depuis que le gros de l'artillerie allemande avait concentré ses feux sur la place forte, depuis que les fantassins gris renouvelaient jour après jour leurs assauts meurtriers sur ses défenses, Verdun pompait à longs traits ce que le pays avait de forces. Elles roulaient sans discontinuer vers la ville. Deux itinéraires seulement conduisaient à Verdun, au fond de la péninsule que le flot de l'invasion avait découpée autour de la sous-préfecture meusienne : une voie ferrée étroite où circulait un tortillard, celui qui emmenait autrefois les paysans vers les marchés et foires de Bar-le-Duc, et la route nationale qui longeait l'itinéraire des rivières et ruisseaux faufilés dans l'épaisseur du plateau barrois. Par la voie ferrée montaient les munitions, descendaient les blessés ; par la route, tassés sous les bâches des camions, les combattants. Une soudaine crue d'hommes et de matériel avait noyé le pays barrois sous le flot énorme de la guerre mondiale.

Ravel n'aurait pas dû se trouver là, en tout cas pas à ce moment-là. Près de vingt ans auparavant, en 1895, à l'âge du service militaire, il avait été réformé à cause d'une constitution jugée trop fragile par le major du Conseil de révision de la Seine. Cela ne l'avait alors guère chagriné d'être exempté de porter le sac et le fusil, d'errer au long des routes poudreuses, de balayer, en treillis, la cour d'une caserne de l'Est et de coucher un an durant avec une vingtaine de gaillards dans une chambrée à l'odeur de bois lavé, de soupe, de chaussettes raidies et de graisse d'arme. La nature l'avait fait petit et peu costaud. De ces inconvénients d'apparence pour l'homme, la société donnait la contrepartie en évitant au citoyen les peines du soldat. C'était bien ainsi, même si, en vérité, il aurait volontiers fait l'échange : dix centimètres de plus au garrot, cinq de large aux épaules, un cœur bien accroché et le souffle profond, toutes ces retouches à la nature contre une année, une bonne année de jeunesse, une année de sa vie de musicien.

Au moment de l'entrée en guerre, Maurice Ravel séjournait depuis le début de l'été à Saint-Jean-de-Luz, au Pays basque dont sa mère, Marie Delouart, était originaire. Il était né là, lui aussi, et y revenait à la belle saison. Sur la Côte, il passait des vacances studieuses, alternant bains de mer, promenades dans la campagne, sorties à vélo, déjeuners en plein air avec des amis, où deux verres de vin dilataient l'âme jusqu'aux dimensions de l'océan, et séances de composition. À l'aube, après sa courte nuit d'insomniaque, sur une petite table tirée face à l'Atlantique, il écrivait avec peine et ardeur le *Trio en la mineur*, pour piano, violon et violoncelle, mis en chantier à Paris, au printemps. Il fumait à la fenêtre en se relisant. L'œuvre avançait bien. Elle avait pris forme et déjà ne ressemblait à rien d'autre qu'à ce qu'elle devait être. Le premier mouvement allait, fluide et serein, à l'image de ces jours parfaits. Ravel s'y reconnaissait comme dans le miroir où, chaque matin, il rasait ses joues creusées de deux grands sillons par la proche quarantaine. Alors le soleil qui montait derrière les Pyrénées pouvait dorer de sa chaude amitié la bonne humeur du musicien, une journée heureuse au pays maternel avait commencé.

La mobilisation mit fin d'un coup à cette période de plénitude où le loisir était la récompense d'un travail fourni sans douleur. À Bayonne, sur les pas des réservistes qui avaient rejoint les centres mobilisateurs, Ravel se présenta aux autorités militaires pour s'engager. Elles l'ajournèrent. Il lui manquait deux kilos pour faire un soldat. Afin de servir malgré tout, il se porta volontaire pour assurer des veilles de nuit à l'hôpital de Saint-Jean-de-Luz, au service des premiers blessés de la campagne. Ces tours de garde parmi les dames de la ville et les Parisiennes maintenues par la guerre dans leur villégiature estivale le lassèrent rapidement. Leurs bavardages patriotes, leur empressement à croire, amplifier et répandre les sottises des journaux attisaient son désir d'y être. Au bout de quelques semaines, il voulait autant faire la guerre que fuir l'arrière. Il tenta à nouveau sa chance. Au sous-officier qui recevait les postulants à un engagement volontaire et lisait sur la balance, en hochant la tête, les quarante-huit kilos du nommé Ravel Maurice, il se proposa pour servir comme aviateur. Il pensait que les motifs qui avaient empêché son incorporation dans l'infanterie lui seraient des atouts dans l'aviation. Petit, mince et léger, il était né, plaida-t-il, pour prendre place sur le siège d'un aéronef. Il avait une bonne vue, une vigueur affermie par les bains de mer, des réflexes sûrs, un sens de l'orientation aiguisé par une longue pratique de la balade en forêt, on pouvait compter sur lui pour repérer les mouvements de l'ennemi. Par surcroît, il avait le goût de la mécanique et de l'innovation. Il ferait un excellent observateur aéronautique. Le musicien discret, qui avait horreur de la réclame, se fit le bonimenteur de lui-même avec un talent dont il fut le premier surpris. Son argumentaire, pourtant, ne suffit pas à emporter la conviction du militaire auquel ces délicates et longues mains de pianiste ne disaient rien qui vaille. Même pour mourir au ciel, on ne voulait pas de lui.

Il en vit passer, des soldats, dans les rues de Bayonne et de Saint-Jean-de-Luz au cours de ces premières semaines de guerre : en petits détachements, avec une poignée de copains, ou seuls. Beaucoup n'étaient pas plus grands que lui, certains lui paraissaient plus chétifs, avec le teint gris des mal nourris et les yeux brillants des alcooliques. Résolu à partir au front, même s'il devait pour cela abandonner sa mère, il se présenta à nouveau au bureau de recrutement, cette fois pour servir dans l'infanterie. Puisqu'on avait mobilisé ces pauvres diables, on pouvait bien le prendre, lui, qui était volontaire, célibataire et sans enfant. Il se ferait tuer sans que nul s'en rende compte. Sauf sa mère, pensée qu'il refoulait parce qu'elle le laissait hébété de désespoir. Peine perdue. L'armée, malgré un besoin d'hommes accru par les hécatombes des batailles de Belgique, de Lorraine et de la Marne, refoula ce postulant de trente-neuf ans pour les mêmes raisons qu'elle l'avait réformé vingt ans plus tôt. Il regagna Paris à la fin de l'automne, avec l'espoir que peut-être, dans la capitale menacée par les canons à longue portée, les recruteurs feraient moins les difficiles. Le musicien n'éprouvait pas un besoin pressant de tirer des coups de fusil sur les Allemands, encore moins d'en recevoir. Il ne craignait pas non plus les regards insistants des femmes, des enfants et des vieillards sur un civil trop jeune pour passer avec honneur sur un boulevard parisien. Mais il lui répugnait de poursuivre son existence comme avant, alors que des millions d'autres hommes, riches ou humbles, humbles surtout, avaient été mobilisés pour défendre le pays.

Après le 2 août 1914, les matins n'eurent plus la même saveur pour Ravel. Son frère cadet, Édouard, beaucoup de ses camarades, ceux de sa génération et des plus jeunes étaient aux armées, et ses amies pensaient au mari, à l'amant, au fils, au frère gadouillant dans les tranchées glacées, entre assauts et bombardements. Lui demeurait à Paris. Dans la vie qu'il aimait, dès son engagement rejeté, s'étaient glissés une imperceptible angoisse, un regret, un vide, un léger dégoût des choses. Tout plaisir lui paraissait amer et la lumière du matin plus si neuve depuis l'entrée en guerre. Cette ternissure ne se nommait pas. Il l'éprouvait comme une honte, un déshonneur. Le drap de ses costumes à ses doigts d'ajourné était bien trop souple et léger, son pain trop blanc, ses chaussures trop brillantes. Cette vie sûre et confortable, qu'il avait tant désirée autrefois, qu'il avait patiemment aménagée, lui pesait. Il avait le sentiment de tirer bénéfice d'une injustice faite à la foule innombrable des autres, tués et mutilés, et à ceux qui ne l'étaient pas encore. Chaque jour passé augmentait l'ombre des morts. Il avait bien connu certains d'entre eux.

Ravel ne trouvait un peu d'évasion que dans son travail. Le perfectionnement de son *Trio*, dont il ne fut satisfait qu'à la fin de l'hiver 1915, le distrayait du malaise de l'arrière. À cette époque, il composa trois chansons pour chœur a cappella dont il écrivit lui-même les paroles en pastichant l'ancien français, dans le style des rondeaux de Charles d'Orléans. La deuxième, *Trois beaux oiseaux du Paradis*, parlait de la guerre qu'il ne faisait pas, mais dont il recevait les tristes nouvelles. Les voix s'étiraient, langoureuses comme un ciel de traîne sous lequel s'épanchait l'amour du pays, douce et neuve contrée intérieure. Les outrances des nationalistes, les formules de carton-pâte des officiels en frac et hautde-forme, la rhétorique du progrès, les invocations à l'avenir, l'insouciance égoïste et angoissée de sa propre jeunesse avaient longtemps masqué un attachement profond. Il tenait à sa patrie comme le paysan à sa terre. La guerre, en élevant une menace mortelle sur la France, avait mis au jour ce qui était déposé en lui de naissance et avait grandi, sans qu'il s'en rende compte, avec les matins de pluie et les après-midi de soleil, dans le loisir et le travail, entre les immeubles sévères des beaux quartiers et les jardins de ses amis. Il trouvait nécessaire chaque mot de la langue pour désigner chaque chose du monde et n'en désirait pas d'autres, car ils étaient nourris d'autant de lumière que d'ombre. Un château et son parc pouvaient tenir dans chacun d'entre eux, et plus encore. Il y reconnaissait les couleurs de sa musique, aujourd'hui devant lui, achevée, puisqu'il avait consenti d'avance au risque de la mort. Elle était son reflet où miroitait ce qu'il avait vu et ce qu'il avait espéré. Cela ne l'empêchait pas de penser qu'il serait quand même dommage de s'arrêter là. Il espérait.

Tout au long de ce premier hiver de guerre, résolu à obtenir par le piston ce que l'égalité républicaine lui avait refusé, il sollicita ses amis pour qu'ils interviennent auprès de leurs connaissances dans la haute administration et le gouvernement. Son opiniâtreté dans les âpres besognes de l'influence et de l'intrigue, qui le dégoûtaient tellement en temps ordinaire, finit par décrocher ce que des millions d'autres subissaient avec plus ou moins de bonne volonté. Faire son devoir, bien sûr ; mais le désirer à ce point, cela excédait la morale commune. Le 10 mars 1915, son aptitude à servir était enfin reconnue, mais dans les services auxiliaires. Il fut incorporé dans un régiment du train. Après les classes, pendant lesquelles un sous-officier le forma, avec ses camarades de la section d'instruction, au métier de soldat, maniement d'armes, ordre serré, préparation physique, tirs, épreuve des gaz et exercices de combat, il apprit dans Paris et la proche banlieue à conduire des automobiles et des camions, ainsi que des rudiments de mécanique. Quelqu'un prétendit l'avoir vu, engoncé dans une capote bleue et le képi sur les yeux, agrippé au grand volant d'un poids lourd, descendre à fond de train les Champs-Élysées.

Un an plus tard, pendant l'hiver 1916, chaque carrefour et la moindre intersection des rues de Bar-le-Duc étaient hérissés de panneaux indicateurs. En bois, peintes au pochoir, leurs flèches indiquaient la direction de la bataille d'une seule lettre suivie de trois points de suspension, un elliptique : V… Est-ce le souci d'économie, l'impératif du secret militaire ou le goût du mystère qui avait parsemé la ville de ce signal dont la répétition était aussi énigmatique que drôle ? Même les enfants qui ne savaient pas lire y reconnaissaient le mot Verdun. On eût dit que l'état-major avait enrôlé Fantômas. Qui d'autre aurait pu avoir l'idée de soustraire ainsi la ville aux coups de l'ennemi ? Pour la masquer aux yeux des Allemands, il suffisait d'en dissoudre le nom. La science de la guerre touchait au merveilleux. En glissant à l'inexistence, les choses finiraient par atteindre le degré absolu du camouflage.

Les trajectoires indiquées par les pancartes convergeaient vers un pont-levis sur le canal de la Marne au Rhin. De ce côté-ci, le port où l'on vidait les péniches de leur cargaison d'armements, de munitions, de riz et de blé pour les hommes, d'avoine pour les chevaux ; de l'autre côté du ruban d'eau verte, entre le cimetière et un château 1900, quasiment neuf, dont le toit d'ardoise et les ornements de zinc émergeaient d'un parc grand comme un bois, commençait la route qui conduisait à Verdun. Le château avait servi de quartier général puis avait reçu des blessés ; l'aile est du cimetière s'était considérablement agrandie depuis le début des hostilités. On y enterrait les corps des soldats morts à l'hôpital, après le service funèbre dans la vieille et sombre église Notre-Dame adjacente. La nuit, les sirènes jetaient les habitants dans la rue. Têtes renversées, ils regardaient le ciel noir que balayaient les projecteurs, jusqu'à ce que le faisceau de l'un d'entre eux fasse sortir de l'obscurité le flanc d'un zeppelin. Alors, avec des cris étouffés, ils se montraient du doigt l'immense poisson pâle, tandis que s'épanouissaient tout autour les éclatements des tirs des canons antiaériens. Quelques instants après, les éclats des obus faisaient tinter les ardoises et les tuiles qu'en retombant ils venaient de briser. Les jurons des propriétaires suivaient.

À la sortie de la gare où, à cause d'une alerte aux zeppelins, ils avaient dû passer la nuit assis entre des murs de sacs à terre, Ravel et les autres tringlots, ainsi l'argot militaire désignait-il les soldats du train, avaient rejoint à pied leur cantonnement. Sac au dos, ils avaient longé l'Ornain, la rivière qui d'est en ouest traverse la ville. Ils furent entassés dans la caserne surpeuplée du 94e régiment d'infanterie, près des camions bâchés alignés dans le parc automobile. Le vieux régiment avait quitté ses bâtiments le 31 juillet 1914 et, depuis, déplaçait son camp nomade sur la ligne de front, au gré des coups durs. Le musicien n'y resta pas longtemps. Pour fuir la promiscuité du dortoir de passage, les bruits incessants des va-et-vient, les souris qui y prospéraient et les puces du châlit, avec l'accord bienveillant du lieutenant Bloch qui commandait sa section de transports motorisés et avait reconnu dans le soldat récemment arrivé le musicien célèbre, il s'enquit d'une chambre en ville. Un bon camarade lui proposa de partager la sienne, chez une veuve, à quelques pas du poste de garde, 1, rue Maréchal-de-Metz, dans une maison d'angle sur la berge de l'Ornain. La fenêtre donnait sur la rivière gonflée par les pluies et les neiges d'hiver. Son flot jaune, rapide et noueux comme un torrent débordé, coupait la ville entre deux files de peupliers, sous l'horizon des côtes aux bois sombres.

Le lendemain de son affectation, Ravel prit en main le poids lourd qui lui avait été attribué, l'énorme Ariès de deux tonnes cinq cents, et on lui donna ses premières missions. Modestes, elles consistaient à sillonner la campagne alentour pour y porter assistance aux camarades tombés en panne avec leurs véhicules. Cela arrivait fréquemment avec ces matériels neufs qui avaient à peine dépassé le stade expérimental et que la nécessité obligeait à jeter sans délai dans la guerre. Une mise au point hâtive et un usage intensif les délabraient prématurément. Calé sur le siège de son engin, rivé au volant sur la plateforme de conduite ouverte à tous vents, il tourna ainsi pendant deux jours, de l'aube à la nuit tombée, dans un rayon de vingt-cinq kilomètres, sur les petites routes autour de Bar-le-Duc.

Le plateau barrois était la principale base arrière du front. Dans tous les villages, des camps de toile, des baraquements de planches, des parcs de cavalerie au-dessus desquels s'élevaient paisiblement les feux des cuisines roulantes avaient grossi les agglomérations rurales d'une innombrable population d'hommes et de chevaux. Les lignes géométriques des installations provisoires et les mouvements imprévisibles des rassemblements humains, l'ordre militaire et le désordre du soldat, avaient été jetés par la guerre sur la campagne. En dix-huit mois à peine, les sédimentations poétiques de petites communautés humaines séculaires étaient devenues méconnaissables. Contenues dans un creux de vallée, sur le gué d'une rivière, la clairière d'une grande forêt sur lesquels montait la flèche d'une église, elles qui, lentement mûries sur la campagne, faisaient autrefois corps avec le monde, n'en étaient plus que les boursouflures.

Au nord et à l'ouest de la ville, les rondes du conducteur Ravel atteignaient les secteurs dévastés deux années auparavant par les combats de la bataille de la Marne, en septembre 1914. Il circulait dans les ruines. Partout il y avait des militaires au travail, à l'entraînement, en déplacement ou au repos. Dans la campagne assombrie par la mauvaise saison, entre les masses des bois que violaçait la montée en sève de mars, sur les routes et chemins embourbés par un trafic excessif, le bleu pâle des uniformes était répandu par places, comme l'eau sur les plaines à la fin de l'hiver. Des soldats désœuvrés, les mains dans les poches, traînaient leur ennui dans les rues des villages. Ils flairaient, au seuil d'une étable, devant la boutique du maréchal-ferrant, le fumet du pays natal laissé plus au sud. Au seuil des granges où ils couchaient, d'autres fumaient la pipe ou causaient avec des gosses, un vieux paysan et des filles de ferme qui riaient de leurs plaisanteries.

Dans ce paysage fantastique, ce panorama d'un pays sens dessus dessous, s'enchâssait le pittoresque de scènes insolites pour le nouveau venu. Tout y était inédit et sollicitait le regard. Les yeux de Ravel s'efforçaient surtout de repérer les nids-de-poule, les fondrières, les pesants attelages de chevaux, les cavaliers et les piétons, pièges et surprises de la route pour le conducteur débutant. Il gelait sur son siège, malgré les épais gants de cuir, les lunettes, l'écharpe sur le bas du visage, les couches de lainage et la peau de bique attribuée aux conducteurs comme aux aviateurs. Un peu de son rêve d'aventures aériennes s'accomplissait prosaïquement dans cet accoutrement qui le faisait tripler de volume. Mais les pilotes, là-haut, dans le ciel étincelant, vif et propre, avaient-ils si froid ? Sous la bâche balayée par la pluie, la neige et le vent, sa tenue de bandit de grand chemin ne le protégeait pas longtemps. Les épaisseurs de laine et de cuir étaient transpercées par l'hiver au bout d'une heure de conduite, ses oreilles lui paraissaient du même métal que son casque et la cuisson de la plante de ses pieds près du moteur les séparait de son corps glacé.

Le conducteur Ravel, soldat consciencieux, redoublait d'attentions pour le matériel que l'État lui avait confié. Il vérifiait à chaque halte qu'un clou ne s'était pas fiché dans un pneu, que le moteur ne perdait pas de l'huile à l'excès et tendait l'oreille avec anxiété au moindre hoquet du moteur. Toutes ces précautions n'empêchèrent pas l'engin de tomber en panne. Son camion le lâcha au cours d'une mission, et c'est lui qu'un camarade vint alors récupérer au bord d'une route du Barrois.

Les dégâts étaient modestes, surtout si on les comparait à l'état de beaucoup de véhicules pris sous un bombardement, conservés au parc pour ce qui pouvait encore être récupéré. La panne nécessitait pourtant plusieurs jours d'immobilisation, en attendant qu'arrivent des pièces de l'usine. Cavalier démonté, Ravel prenait des tours de garde à l'entrée du quartier, effectuait des corvées et entretenait son équipement. Le soir, après le service, il tuait le temps comme il pouvait. Il écrivait à sa mère, aux amis, lisait dans sa chambre. Il allait se balader en ville et y faire quelques emplettes. La petite cité aurait pu lui plaire en d'autres temps. Il y flairait un air de vieille province qui persistait dans la guerre. La pierre du pays était blonde et ne laissait rien perdre de tout ce qu'il pouvait y avoir de gai dans la chiche lumière de l'hiver lorrain. De vieilles maisons avaient conservé leur antique couverture de tuiles romaines et parlaient au gris du ciel la langue latine. Bar-le-Duc, éloignée du canon, n'avait été abîmée que par quelques bombardements hasardeux. De rue en rue, un toit crevé par une bombe d'avion, des fenêtres sans vitres, une façade ébréchée et noircie, un amas de pierres, de poutres brûlées et de gravats, et le vide entre deux immeubles ramenaient l'esprit du flâneur à la misère du temps. Il y avait des militaires partout. Leurs silhouettes bleues étaient répandues dans les rues de la ville, s'aggloméraient aux tables des cafés et des restaurants, remplissaient les boutiques, s'arrêtaient aux vitrines bardées de bandes de papier collant, s'accoudaient aux parapets des ponts. La ville était un foyer du soldat à ciel ouvert.

Toujours avec l'assentiment cordial du lieutenant Bloch, aussi satisfait qu'embarrassé de son prestigieux subordonné, Ravel quittait le quartier avant l'heure, profitait des dernières lueurs du jour et se promenait en ville. Il marchait en fumant, la main gauche glissée à plat dans la poche de sa vareuse, comme si elle avait été une veste de smoking et le boulevard de La Rochelle, voie principale de Bar-le-Duc, le promenoir de l'Opéra. Il avait de l'allure avec un uniforme bien coupé, qu'un tailleur parisien avait mis à ses mesures dans un drap de qualité. Son képi formaté et ses brodequins luisants aussi étaient de la meilleure facture. Tel qu'il était mis, dans sa vareuse ajustée, avec son visage d'intellectuel rasé à l'américaine, des épaules et un port de tête attentifs à ne pas céder un centimètre de la taille qui lui avait été parcimonieusement comptée, il ne passait pas inaperçu. Bien que ses manches fussent vierges de galons, beaucoup de soldats, croyant reconnaître un officier, le saluaient au passage. Il leur rendait leur salut avec un geste de camaraderie et un sourire amusé.

On ne trouvait pas grand-chose dans les magasins. Avec cet énorme surcroît de mâles consommateurs, boîtes de conserve et de biscuits, saucissons et plaques de chocolat n'avaient pas le temps de prendre la poussière. Les bouteilles de vin semblaient en revanche se renouveler par génération spontanée. Un soir, Ravel rapporta dans sa chambre de la confiture de groseilles de Bar-le-Duc, rare et célèbre délicatesse, rutilante dans son petit pot de verre. Il la partagea avec son camarade, un horloger parisien de bonne compagnie, et s'enchanta, avant chaque bouchée, de voir sous la lampe, à travers les rouges et lumineuses transparences de la friandise, de menus objets prendre l'aspect de bijoux.

Le lieutenant Bloch lui avait recommandé le grand café fréquenté par les officiers, un bel établissement à colonnades, rue Jean-Jacques-Rousseau, au bout du boulevard de La Rochelle, à deux pas de la préfecture. On y accédait par le mystère d'un interminable couloir qui passait sous une salle de théâtre. Les affiches apposées à l'entrée attestaient d'une activité artistique intense et hétéroclite, de nature à satisfaire la société mélangée de la garnison. Des musiciens de Paris, mobilisés en qualité de fanfaristes et affectés dans la place comme brancardiers ou infirmiers, s'y produisaient en concert. Lorsqu'une infirmière flûtiste ou violoniste jouait avec eux, on refusait du monde. Des soldats, artistes de variété amateurs ou professionnels du music-hall sous les armes, achevaient de contenter démocratiquement les goûts. Au débouché du boyau d'accès, la salle de café était éclairée par une vaste baie donnant sur la cour. Assis autour des tables et des guéridons, des hommes en uniformes de toutes armes, quelques civils, fonctionnaires et notables, et de ces femmes maquillées et vêtues à la mode que les soldats appelaient « poules d'officiers », consommaient des apéritifs dans la fumée des cigares et un chaleureux brouhaha de conversations. Ravel y venait seul ou avec son colocataire, un des rares hommes de sa section avec lesquels il pouvait causer un peu de politique, de littérature et même de la guerre.

La salle principale du Café des Oiseaux, vaste, richement ornée de stucs, était pourvue en son centre d'une imposante fontaine de fonte. Jaillissant du pourtour de la vasque, des jets d'eau arrosaient les épaules et les seins d'une femme représentée debout, torse nu. Il y avait aussi, près d'un énorme billard, un palmier factice, en bois peint, surmonté de palmes de bronze. Un boa naturalisé était enroulé autour. Il inquiétait, avec sa langue fourchue et ses yeux fixes sans paupières, brillantes billes de verre. Des lampadaires alternant boules d'opaline et cierges de porcelaine dispensaient une lumière jaune, plus poétique qu'efficace. Dans cet établissement de province aux prétentions de grand café parisien, se mêlait la clientèle invraisemblable que les grands remuements de la guerre y déposaient chaque soir. Son spectacle distrayait Ravel de la morosité de la caserne.

Le retenait aussi dans cet endroit quelque chose de plus que la proximité vivante et joyeuse de la présence humaine. Le long du mur du café, en face des portes-fenêtres qui l'éclairaient, une immense vitrine proposait à l'admiration des consommateurs le panorama d'une collection ornithologique. Elle était exceptionnelle par le nombre des oiseaux rassemblés et par leur variété. Derrière les mouvants reflets des vitres, sur des étagères de bois sombre, avaient été disposés des individus empaillés d'une multitude d'espèces à bec et plumes, sans ordre apparent, sauf, peut-être, des affinités de couleurs. Il y en avait de toutes sortes et de toutes les parties du monde. On pouvait à peine croire que l'existence entière, la fortune et la patience d'un collectionneur étaient parvenues à rassembler cette légion du ciel. Du haut en bas, les oiseaux étaient figés dans les diverses attitudes de leurs vies d'autrefois : ailes déployées, prêts à l'envol ; col étiré vers le haut et bec ouvert, en plein chant ; tête baissée, picorant des graines imaginaires ; dressés sur leurs pattes, au combat ; ailes serrées au corps, nageant sur des eaux invisibles. Les oiseaux familiers, ceux des jardins et des bois du Barrois, merles et mésanges, côtoyaient les espèces exotiques, toucans et perroquets. En haut, les grands rapaces aux saisissants yeux de verre, immobiles et luisants, fascinaient et troublaient. Les plus gros tenaient entre leurs serres un petit écriteau indiquant leur nom usuel et leur nom en latin, les plus petits étaient installés sur des perchoirs en bois laqué de blanc. Tout le peuple de l'air était rassemblé dans l'immense volière silencieuse.

Ravel, sans rien dire, sirotait son vermouth cassis en admirant la collection merveilleuse. Son visage semblait de pierre, personne n'osait le déranger. Un garçon, trop vieux pour le front, en spencer noir et long tablier blanc, le servait avec cérémonie. Quand il avait vidé un verre, puis un deuxième, c'était lui que les oiseaux regardaient, et la chaleureuse rumeur de la salle qu'ils écoutaient. Du coin de l'œil, le soldat musicien surveillait le boa. La fourche de sa langue n'avait-elle pas frétillé, sa tête ne s'était-elle pas avancée vers les oiseaux ? Au troisième vermouth cassis, Ravel goûtait l'ivresse de milliers d'envols.

Un soir, il monta jusque dans le vieux quartier de la ville. On lui avait recommandé ses rues pittoresques et, dans l'église Saint-Étienne, place Saint-Pierre, *Le Transi* de Ligier Richier. Aiguillonné par ce nom intrigant, que n'arrivait pas à désenchanter la prosaïque appellation de « Squelette » donnée par les passants qui le renseignaient, il fit l'ascension de la colline par les cent quatre-vingts degrés. Ainsi étaient communément désignés l'escalier de pierre et sa rampe de fer faufilés entre les maisons. Suivant cette rude venelle, par endroits soudain ouverte sur le paysage agrandi, les piétons grimpaient de station en station. Elles trompaient la pente de la colline, tout entière bâtie, au sommet de laquelle pointaient le délicat clocher de l'église et une tour, vestige de l'enceinte médiévale. Bizarrement coiffée, sa paupière d'ardoise s'abaissait jusqu'aux aiguilles de la grande horloge. Cet œil unique regardait la ville avec une tendresse de vieux guerrier. Parvenu à son pied, Ravel se retourna et, le souffle court et le cœur battant, embrassa le panorama. Sous les bois violets, les jardins et les vergers engourdis, la ville couvrait le fond de la vallée. L'agitation des hommes s'écoulait en suivant les lignes parallèles de la voie de chemin de fer, du canal empanaché de platanes, de l'Ornain, avec sa crête de peupliers, et du boulevard de La Rochelle. Bien que la lumière eût commencé de décroître, on distinguait çà et là, dans la croûte de tuile que le temps semblait avoir cuite à petit feu sur la ville et ses habitants, les trous noirs des maisons bombardées.

Les fatigues de la vie de caserne et le manque de sommeil n'avaient pas encore usé Ravel. Il éprouvait au contraire la sensation de vigueur et la réserve d'endurance que les exercices militaires, marches et séances d'entraînement au combat, même peu poussés par égard pour les vieux tringlots, avaient renouvelées dans son corps rajeuni et fortifié. Il trouva l'église Saint-Étienne en poursuivant d'un pas ferme la grimpette par les rues du quartier ancien, le pavé sonnant sous ses souliers cloutés. Elles étaient bordées de maisons et d'hôtels de la Renaissance où pas une construction moderne ne déroutait l'œil de l'amateur. D'un bord à l'autre des toits, ourlés de torsades filées dans la pierre, c'était le même ciel, les mêmes nuages, mais sur d'autres querelles et dans une autre époque. Sur la place de la Fontaine, une large brèche dans la muraille de vieilles façades, creusée par une bombe d'avion, lui rappela la guerre.

Ne restaient dans l'église que deux ou trois vieilles femmes qui s'attardaient après les vêpres. Dressé au milieu du chœur, un Christ entouré des deux larrons attirait et retenait immédiatement le regard. La lumière des vitraux donnait une luisance de cire aux corps nus des suppliciés. Les membres du Christ en croix, bras déployés, pieds croisés, étaient percés de gros clous. Les doigts s'étaient repliés sur leurs têtes de fer. La sainte face s'inclinait vers le sol. Les deux larrons, eux, étaient ligotés sur deux grandes équerres qui leur imposaient une épuisante contorsion. Le mauvais larron surtout était impressionnant, le corps tordu, les cuisses coupées par deux larges blessures à l'épée, le visage contracté par la souffrance et l'angoisse du damné.

Le bedeau s'affairait à quelque tâche de rangement et un enfant, qui remontait vivement l'allée centrale, le cou serré dans une écharpe et son surplis sous le bras, évita le visiteur avant de sortir. Ravel aperçut, dépassant du confessionnal, les fortes semelles des brodequins d'un soldat dont la silhouette se détachait à peine de l'ombre. Lorsqu'il demanda au bedeau où se trouvait *Le Transi*, le vieil homme désigna un coin de l'église, à droite du transept, que masquait un empilement de sacs à terre d'où suintait du sable : « Profitez-en, les Beaux-Arts viendront bientôt le prendre pour le mettre à l'abri au Louvre. Après, quand reviendra-t-il… si on nous le rend ? Et si la guerre finit un jour ! Allez savoir. Vous le verrez derrière les sacs. Il y a une notice à côté qui explique les choses. »

Derrière la muraille protectrice, la statue dressée sur une sorte d'autel n'était pas bien grande – Ravel l'aurait dépassée de la tête – mais impressionnante. Sa forme fluette se détachait, très blanche, sur une décoration murale figurant un manteau de velours noir bordé d'hermine. Le squelette était debout, bien posé sur ses deux pieds, cambré, le bras droit replié sur le torse, tenant une sorte d'écu vierge d'inscription, le bras gauche levé vers le ciel auquel il tendait son cœur. « Il est haut comme ça. » Le bedeau, qui avait suivi ce soldat élégant et curieux, avait levé son bras à lui jusqu'à sa poitrine qu'il barrait de sa main, paume vers le sol, dans une sorte de salut. « C'est pas beaucoup, mais le moment venu, il faudra quand même s'y mettre à plusieurs pour le descendre de là. Le Christ et les deux autres resteront ici ; on n'est pas sûr qu'ils soient de Ligier Richier. Pourtant, ils sont beaux eux aussi, n'est-ce pas ? »

Ravel chercha la solitude dans un surcroît d'attention qui fit taire le vieux à la langue bien pendue. À y regarder de plus près, ce n'était pas un squelette, mais un cadavre dont la décomposition était très avancée. Des chairs adhéraient encore aux os, et de la peau pendait sur le ventre et les côtes évidés, comme une guenille jetée sur une cage. Il y avait encore un peu de muscle étiré sur les nerfs qui tenaient aux os des jambes. Une mèche de cheveu collait à l'arrière du crâne.

Ravel admirait la délicatesse du travail de l'artiste, la puissance du geste imprimé à ce corps en lambeaux, cette sorte de rire à la place de la bouche dans le crâne décharné, et les yeux caves, trous noirs, intenses, qui regardaient un cœur de plâtre. Il approcha le cierge de la notice rédigée par un érudit local, à la plume, avec des pleins et des déliés, sur un papier déjà jauni, gaufré par l'humidité. Ligier Richier avait représenté dans cette carcasse épique René de Chalon, prince d'Orange, jeune seigneur mort au combat à vingt-cinq ans, sous les murs de Saint-Dizier, la ville voisine qu'en 1544 il tentait de prendre au roi de France avec les troupes de Charles Quint. Son corps avait été ramené à Bar-le-Duc, où sa jeune femme, la fille du duc de Bar et de Lorraine, avait souhaité qu'il soit représenté sur son tombeau tel que son corps en laisserait la trace, trois ans après le début de son séjour sous terre, parmi les trépassés, les transis, comme les gens disaient alors. La commande avait été passée au seul artiste capable de réussir la prouesse, Ligier Richier, le sculpteur de Saint-Mihiel, égal des plus grands en Italie. La notice ne disait rien de plus sur l'œuvre, parce qu'on ne savait rien d'autre.

Ravel resta longtemps à contempler cette main droite dont les longs doigts décharnés, gracieusement écartés, semblaient jouer sur les côtes, ces tendons du cou sous le crâne au rire ébréché, cette face qui avait un regard et pas de visage, et cette main gauche, dégantée de la peau, présentant fièrement, par l'élégant mouvement d'un assemblage d'os et de cartilages, le cœur glorieux du jeune guerrier. Cette noble représentation du mépris de la mort et du triomphe de l'amour, source de vie, cette expression de la grandeur de l'homme dans ses habits de pourriture, combien parmi les dizaines de milliers de soldats français de passage à Bar-le-Duc étaient-ils venus la voir, depuis août 1914, dans le transept de l'église Saint-Étienne ?

Quand il sortit, les dernières lueurs du jour éclairaient le triangle de la place Saint-Pierre. Les habitants tiraient leurs volets. Un chat, repliant sa queue sur le bout de ses pattes, se rengorgeait dans sa fourrure au coin d'une porte. On entendait le grelot de la boulangerie que faisaient sonner des clients attardés. Des femmes rentraient chez elles, le châle serré sur la poitrine. Deux soldats en virée après l'appel du soir les dévisagèrent. C'est entre ville-haute et ville-basse, dans une rue en pente, à l'écart, que se trouvait la maison close. Ravel, en redescendant la côte, s'arrêta au pied de la Tour de l'horloge pour regarder la ville s'enfoncer dans la nuit. Bientôt il n'y distingua plus que de vagues reflets. Un policier tapa sur une porte en criant aux habitants d'éteindre une lumière visible de l'extérieur. Lorsque, depuis les coteaux, les projecteurs de la défense anti-aérienne fusèrent dans le ciel, à la recherche des zeppelins, la ville disparut dans les ténèbres.

La réparation de son camion n'en finissant pas, on confia à Ravel une camionnette Panhard avec laquelle il reprit ses périples autour de Bar-le-Duc. Les allées et venues depuis la ville, les tours de garde à la porte du quartier, les coups de balai dans la salle de l'ordinaire et l'astiquage à la brosse et au chiffon du matériel militaire étaient sans doute utiles au service de la patrie en danger, mais ce n'était pas cela qu'il était venu chercher en s'engageant. Quant au frisson des premières alertes : l'obscurité dans les rues, le silence déchiré par les tirs des batteries antiaériennes et le corps lumineux du grand squale nocturne démasqué dans le ciel, tout cela n'avait agi comme un excitant que pendant quelques nuits. Le cafard, vieux compagnon du soldat, lui était tombé dessus et ne le lâchait pas. Il n'avait plus honte, mais trouvait qu'il payait à trop bon compte, dans la médiocrité et l'ennui, le brevet de courage d'une tenue bleu horizon. Il se porta volontaire pour aller renforcer un détachement de son unité de transport, à Verdun, dans la zone des combats.

La vie de château

Il partit un matin d'avril 1916, au volant de sa camionnette, le casque sur la tête et le masque à gaz à portée de main, sur la route nationale entre Bar-le-Duc et Verdun. C'était la première fois qu'il empruntait cette route rendue en quelques jours vitale, puis célèbre, par la grande offensive allemande. Renforts et convois de munitions venus de toute la France montaient par là jusqu'à la sous-préfecture assiégée. Ce que la bataille rejetait descendait par le même chemin, corps et matériels usés, brisés par les bombardements, les attaques et contre-attaques, le froid, la neige et la pluie.

Il avait accueilli cette première mission sur la nationale, un aller-retour dans la journée pour livrer des pièces de rechange, avec appréhension et gratitude. Depuis le début de la bataille, à la fin du mois de février, elle était interdite à toute autre circulation que celle des véhicules chargés du ravitaillement de la ville investie. Jusqu'alors, il avait dû faire d'invraisemblables détours par les départementales et les chemins ruraux pour se déplacer au nord du Barrois tout en évitant les gendarmes chargés d'assurer la régularité du trafic sur la route interdite. Des camions de toutes sortes, même des autobus parisiens portant encore les plaques de leurs dessertes, Odéon-Pigalle, Châtelet-La Muette… s'y suivaient à courte distance. Les conducteurs ne laissaient que quelques mètres de sécurité entre la ridelle du camion de devant et le moteur du leur, si bien qu'en sautant d'un véhicule à l'autre, un acrobate aurait pu gagner Verdun sans mettre pied à terre. Chaque mètre de la voie avait un usage immédiat, entièrement dévolu à la mission de ravitaillement. Progresser, toujours progresser. Les convois montants croisaient ceux qui descendaient, pareillement ordonnés, chargés de blessés légers, de prisonniers et de matériel endommagé. Si un camion tombait en panne, il était poussé au fossé et la chaîne, un instant relâchée, se tendait à nouveau. Une organisation au millimètre, à la discipline implacable, avait inventé l'embouteillage qui avance.

Étroitement verrouillée, la noria s'enroulait sans fin autour de Verdun, au nord, Bar-le-Duc, au sud, promues capitales de la guerre par la stratégie des généraux du Kaiser. Depuis quarante jours, le mécanisme tournait et pivotait avec une régularité d'horloge autour des deux villes meusiennes. Il trimbalait dans ce flux et ce reflux d'acier et de bois peint en gris, sous ces bâches délavées, anxieux à l'aller, fourbus au retour, des milliers d'hommes grelottant sous le drap bleu pâle et la boue croûteuse, les uns sur les autres tassés et ballottés. L'incessant va-et-vient rabotait le même sillon dans la campagne et, au rythme d'un énorme ronron, tranchait le silence et le ciel. Que la noria s'interrompît durablement et Verdun tomberait, asphyxié.

À la sortie de Bar-le-Duc, le conducteur Ravel avait présenté son ordre de mission à un gendarme et pris place dans la file. Elle ne payait pas de mine, cette voie sacrée qu'il découvrait en surveillant le cul du camion qui le précédait. C'était une route blanche comparable à mille autres. Il était trop tard pour la goudronner car il aurait fallu suspendre le trafic, ce qui était impossible. Des territoriaux postés sur les bas-côtés, tout le long du trajet, y jetaient sans arrêt des pelletées d'éclats de calcaire et de gravier, jusque sous les roues des véhicules. L'incessant roulage les concassait et les agglomérait à la chaussée qui avalait ainsi chaque jour, sans apparemment s'épaissir, des tonnes de cailloux. Ses fossés étaient régulièrement curés. Par temps humide, une boue gluante giclait sous les roues et passait au blanc les hommes, les troncs des arbres et les murs des fermes dans les villages traversés. Mais il ne se formait dans la chaussée aucun nid-de-poule et pas un affaissement.

Son tracé souligné de grands ormes montait au nord en sinuant à travers le Barrois. Glissant d'une vallée à l'autre, la nationale escamotait les côtes à l'économie. Ses longues rampes effaçaient lentement les courbes du relief, les modestes plis du plateau barrois. Entre Bar-le-Duc et Verdun s'égrenaient des villages aux noms étrangement funèbres, aux sonorités sourdes et inquiétantes : Rumont, Érize-la-Brûlée, Rosnes, Heippes, Lemmes, Regret, Moulin-Brûlé. C'était une alternance de lisières et de rues uniques aux larges usoirs, de coteaux longés ou péniblement gravis qui ouvraient soudain sur de vastes paysages agricoles. Parfois sur la gauche, le plus souvent sur la droite, le cours d'une étroite rivière ou d'un ruisseau se signalait par l'ourlet buissonneux de saules et d'aulnes qu'il abreuvait. On distinguait dans leur rideau des trouées, les passes bourbeuses, fourrées d'ombre, où les vaches venaient boire. Plus loin, le plateau était partagé entre bois et labours. La route de Verdun allait ainsi par la campagne meusienne, en prenant son temps, provinciale sous l'habit militaire.

À mi-chemin, à Souilly, au milieu de ce chef-lieu de canton, le conducteur Ravel risqua un coup d'œil appuyé sur la droite. Là, on l'en avait prévenu, devait se trouver la mairie réquisitionnée par le général Pétain pour y installer son quartier général. Il n'aperçut que la façade d'une imposante maison aux fenêtres voilées, un grand perron solennel et la sentinelle en armes devant l'entrée. Qui aurait cru que de cette grosse demeure de campagne partaient tous les ordres, toutes les directives qui organisaient le camp retranché, les mouvements de troupes, la riposte de l'artillerie et de l'aviation et les contre-attaques françaises ? À l'approche de Verdun, l'activité militaire avait gagné en fébrilité et en densité. Partout, il y avait des parcs d'artillerie, des dépôts de matériel du génie, des véhicules de toutes sortes, des chevaux, des baraquements et des villages de toile. Dans les prairies, à flanc de coteaux, les unités débarquées des camions se formaient en colonnes, avant de faire les derniers kilomètres à pied. Ravel voyait les fantassins ployant sous leur sac et leur armement gravir lentement les pentes et s'éloigner de la route pour aller prendre position sur le front. D'autres en revenaient, en groupes moins fournis, incolores, guenilleux et comme écrasés par beaucoup plus que le sac. Ils s'écoulaient lentement vers les camions qui les attendaient.

Verdun avait été vidée de la majorité de sa population civile. N'y habitaient plus que les personnes utiles à la vie de la place et des vieillards qui avaient refusé d'être évacués et se terraient dans leur maison. Seuls circulaient dans les rues désertes des militaires qu'une course, une mission dirigeait vers un point ou un autre de la ville. Elle était moins endommagée qu'on ne l'avait dit et qu'il ne l'avait imaginé. Là où un immeuble s'était effondré sous les coups, les décombres avaient été déblayés pour dégager la rue. Des boutiques et des cafés restés ouverts servaient les soldats. Des camions et des attelages militaires circulaient lentement entre les façades closes. Un ordre étrange réglait l'activité réduite d'une humanité fantôme, dans une cité d'un autre monde aux passants bleus et casqués. Ravel en reçut et conserva la rêveuse impression tandis qu'il cherchait son chemin dans la ville inconnue.

Il devait prendre ses instructions sur le lieu de livraison, à la Citadelle. Il la trouva sans peine. Épicentre du camp retranché, elle était autant signalée par les panneaux disposés aux carrefours que par les mouvements qui convergeaient vers elle ou s'en écartaient. La forteresse souterraine étendait son réseau sous la vieille ville. On y entrait par un trou de souris au bas d'une falaise rocheuse pareille au front de taille d'une ancienne carrière. Depuis que la ville était soumise aux tirs des canons allemands à longue portée, la Citadelle était devenue l'arche de miséricorde de la bataille. Les épaisseurs géologiques garantissaient les occupants contre les plus gros obus de l'artillerie et les bombes d'avion.

Profondément enfouis, ils n'en auraient pas même perçu l'impact. Aucun endroit n'était plus retranché, plus sûr dans toute la région de Verdun, et les combattants qui redescendaient du front, soudain libérés des contractures de la peur et d'une vigilance sans trêve, en goûtaient l'air épais avec volupté et reconnaissance.

Ravel gara sa camionnette sous un tilleul dont les pointes commençaient de verdir. C'est après avoir coupé son moteur que le bruit venu de l'horizon le saisit. On lui avait parlé de ce que les camarades appelaient avec une désinvolture appuyée la musique du front. Il fut surpris pourtant, car plus qu'il ne l'entendit, il reçut en plein la moelleuse et profonde pulsation de la canonnade. Elle semblait ne pas s'adresser aux oreilles, mais frapper et s'amortir au ventre d'où elle rayonnait dans tout le corps. Cela le laissa un instant stupéfait. Sa pensée captait et interprétait le message effrayant d'une force destructrice considérable, mais ses sens goûtaient la nouveauté, ce son total qui empoignait, remuait toutes ses fibres et sollicitait en lui une aptitude à goûter et connaître où l'esprit n'avait aucune part.

Très vite, paraît-il, on s'y habituait jusqu'à ne plus y prêter attention, à ne plus songer à la proximité de la bataille. Mais cette rumeur fantastique que nulle usine, nulle fonderie industrielle, nulle agitation de métropole, avec ses métros, ses tramways, ses gares, tout le vacarme qu'ensemble ils n'auraient pu produire prolongeait son impression sur Ravel. Il resta un bon moment ainsi, à côté de sa camionnette, les brodequins dans la boue, à écouter ce son qui semblait une modalité du ciel de Verdun. Il cherchait les variations, les modulations que la variété des calibres de l'artillerie et la géographie des batteries en action auraient pu y glisser. Mais tout était mêlé en un bloc hurlant que nuançaient la distance, les hasards du vent et le jeu des masses d'air au-dessus de Verdun.

L'accès à la Citadelle était flanqué d'une poterne d'allure médiévale curieusement assortie aux casques des militaires qui la gardaient. Le conducteur Ravel leur montra son laissez-passer et pénétra sous la voûte ténébreuse. Après la grisaille laiteuse du jour, le tunnel d'entrée lui parut un mouvement de paupière avant l'éblouissement par l'éclairage électrique. Le hall où il se trouvait distribuait diverses galeries qui enfonçaient leurs voûtes de pierre dans le rocher. L'une, qui paraissait la principale, était sillonnée par un petit chemin de fer. Il y avait là un kiosque où l'on pouvait acheter les journaux et diverses fournitures, à côté d'un vrai bureau de poste. Dans des niches, des soldats buvaient du vin, jouaient aux cartes, écrivaient ou somnolaient, bouche ouverte. Des cuisiniers passaient, des hommes chargés de caisses, des sous-officiers, débonnaires, vaquaient à des activités d'intendance. Une ville rampait sous la ville; celle-là, autrement vivante. Ce grand sous-marin posé sur les sables de la guerre était paisible comme un rêve du profond sommeil. Ravel en sortit au soir. Sur la ligne des collines qui dominent Verdun, avant de reprendre la route, il regarda longtemps les lueurs qui semblaient soulever la nuit.

De retour à Bar-le-Duc et rendu à la routine du casernement, Ravel attendit avec impatience la prochaine mission dans la ville en guerre. L'occasion se présenta assez vite avec huit sergents à remonter vers le front. Il fut content de parler avec eux, en fumant les cigarettes qu'il leur avait proposées, avant de les embarquer dans sa camionnette. C'étaient d'anciens caporaux, des briscards qui venaient de faire le peloton des sous-officiers, et rejoignaient leurs unités. Ils lui demandèrent comment c'était là-haut et il éprouva une fierté simple et vraie à leur dire ce qu'il avait vu de Verdun. L'objectif était de les déposer à la Citadelle d'où ils continueraient à pied vers leur régiment, mais Ravel saisit l'occasion de pousser un peu plus au nord, plus près du front. Passé le faubourg nord de Verdun, quand il ne vit plus sur la petite route que des chevaux et des ânes, il laissa les huit sergents en s'excusant de ne pouvoir les conduire au-delà, jusqu'au bas des collines en éruption où ils étaient attendus. Ils se serrèrent la main. La bourrade qu'ils se donnèrent en même temps sur l'épaule était un échange de vœux entre soldats. Ravel insista pour qu'ils acceptent toutes les cigarettes qu'il avait dans ses poches. Il n'eut plus rien à fumer pendant le voyage de retour, à vingt kilomètres à l'heure, dans la nuit et le froid. Cela lui manqua, et il s'en trouva bien. Il sifflotait et regrettait seulement d'avoir été si près des tranchées et de ne pas les avoir vues.

Il fit ainsi plusieurs allers et retours entre Bar-le-Duc et Verdun, toujours avec la même camionnette devenue un prolongement de lui-même. Par tradition, comme les cavaliers avec leur monture, les artilleurs avec leur pièce et parfois les fantassins avec leur fusil et leur sac, les conducteurs militaires donnaient un nom au véhicule qui leur était attribué. Ravel avait appelé sa camionnette Adélaïde, titre qu'il avait autrefois choisi pour l'une de ses compositions. Il n'aurait su dire pourquoi, sauf qu'elle avait la tête à ça, une tête d'aïeule, digne et désuète. Avec sa courte plateforme, son châssis étroit, son allure de jouet à côté des énormes Berliet, elle lui semblait assortie à son gabarit, faite pour lui. Ils étaient comme deux veufs, chastes et fidèles, allant ensemble sur la route qu'ils connaissaient par cœur.

Villages, alignements d'arbres, paysages, tout avait, à la fin de cet hiver 1916, la même physionomie désolée et sans espoir. La tristesse s'accentuait en montant vers le nord et l'esprit se réglait sur ce qu'il voyait. Un jour, Adélaïde tomba en panne. Elle fut remorquée par un camion jusqu'au premier bourg où un mécanicien procéda à la réparation. Ravel, en attendant – nul n'est plus patient qu'un militaire –, écrivit quelques lettres, son volant en guise d'écritoire. Un autre jour, une alerte chimique, à l'approche de Verdun, l'obligea à rouler avec le masque à gaz sur la figure. Le caoutchouc lui cuisait la peau et il devait faire un violent effort sur lui-même pour ne pas l'arracher et le jeter par-dessus bord. Une autre fois, alors qu'il assurait le service postal, il fut attiré par des jappements vers une maison à demi ruinée. Il souleva un panneau de bois et d'une sorte de cavité jaillit un jeune chien. Éperdue de reconnaissance, la bête se mit à tourner autour de lui en gémissant et lui lécha les mains. Il l'aurait volontiers gardé et ramené à la caserne – les militaires sont sentimentaux – mais son ami de l'instant s'éloigna. Particulièrement pénible fut cette mission interminable, au volant de l'aube à la nuit, sous une pluie battante et ininterrompue. Il rentra dans sa chambre totalement trempé, en s'excusant auprès de Mme Keller, sa logeuse, de mouiller le tapis. La peau de bique avait failli à sa réputation d'imperméabilité : du maillot de corps aux chaussettes, pas une parcelle du conducteur Ravel n'était sèche.

À la mi-avril, son chef de section le désigna pour aller renforcer l'équipe des conducteurs de l'ambulance chirurgicale n° 13 installée à proximité du front, sous Verdun. L'accentuation de la pression allemande, au début du mois, sur les ailes gauche et droite du camp retranché, faisait chaque jour des centaines de morts et plus encore de blessés. Il fallait les évacuer et soigner au plus vite pour sauver ce qui pouvait l'être de ces hommes broyés par la canonnade : une jambe, un bras, des yeux, la vie. Dès que l'état-major eut connaissance de l'imminence d'une offensive ennemie sur le front de Verdun, le service de santé des armées renforça en hâte le dispositif sanitaire du secteur. Les installations existantes furent complétées et de nouveaux hôpitaux de campagne créés à proximité de la ville. L'état-major les répartit dans des villages proches de Verdun, afin que les blessés soustraits à la zone des combats puissent arriver sur le billard d'un chirurgien dans le délai le plus court.

Dès le début de la guerre, le château des Monthairons, à dix kilomètres au sud de Verdun, au bord de la route et de la voie de chemin de fer qui remontent la vallée de la Meuse, avait été réquisitionné, et la famille du propriétaire invitée à se loger ailleurs. Un hôpital d'évacuation y avait été organisé, relais sanitaire après les premiers soins dispensés dans le service de chirurgie de l'hôpital de Verdun. Les convalescents étaient ensuite acheminés vers des établissements situés dans les quiètes profondeurs du pays. C'est aussi aux Monthairons qu'étaient accueillis, isolés et traités les malades contagieux. On les sortait des unités en ligne aux premiers symptômes, car chacun d'eux était aussi dangereux pour la défense française qu'une batterie allemande. Les granges et les remises du domaine furent aménagées et des tentes dressées dans le parc. C'était peu pour soulager l'immense souffrance qui, depuis le matin du 22 février, faisait hurler tout le front de Verdun.

Ravel arriva avec sa camionnette un matin d'avril, qui est à peine le printemps dans la vallée de la Meuse, dans les dépendances du château devenues l'ambulance n° 13. On le mit aussitôt à la tâche : quelques courses alentour et un coup de main au transport des blessés. Le soir, il put établir son couchage dans une des granges et dormit sur un brancard, comme une masse. L'insomnie, qui l'avait tellement tourmenté du temps, si lointain, qu'il était civil, cédait chaque soir devant l'épuisement du soldat. Désormais, à tout moment de la journée, c'est contre le sommeil qu'il devait lutter. Il goûtait l'ironie de la chose et annonçait dans ses lettres à sa mère et ses amis que la guerre l'avait guéri de ses nuits blanches.

Ravel avait accueilli comme une faveur sa nouvelle affectation. Elle le rapprochait de la guerre en même temps qu'elle renouvelait son paysage. Il avait laissé Bar-le-Duc derrière lui en passant, à travers bois, l'échine du plateau barrois. Comme il s'éloignait et que défilaient les arbres à la vitre de la camionnette, il sentait les tracas et mesquineries de la vie de garnison se détacher de lui et fuir avec les feuilles mortes dans les remous de la vitesse. En descendant vers la vallée de la Meuse, le conducteur transformé en ambulancier changeait de saison. La route suivait le cours du fleuve, grossi par les pluies et les neiges de l'hiver. Le regard de Maurice Ravel glissait sur les prairies inondées. Elles brillaient sous le ciel que l'approche du printemps lorrain avait comme élargi. La beauté du pays lui apparut. Il trouva la grille du château à la sortie du hameau des Monthairons. Elle ouvrait sur un parc qu'il dut traverser pour accéder aux bâtiments, se présenter au chef d'unité et prendre ses instructions. Les grands arbres y étaient si nombreux qu'ils paraissaient un bois serré sur la grande allée. Leurs racines buvaient l'eau de la Meuse. Le fleuve glissait sans bruit à côté, et ses eaux, vastes et minces miroirs de l'hiver, s'étalaient sur les terres jusqu'au bord de la terrasse.

Le château des Monthairons, malgré les installations provisoires, les dépôts de matériels et les incessants trafics de véhicules, tout ce capharnaüm de la guerre qui l'assiégeait, était resté élégant et digne dans ses pierres blanches, ses petites tourelles d'angle et ses sobres ornements. Le service qu'il rendait au pays et aux hommes abîmés dont on avait rempli chambres et salons ajoutait à la noblesse de ses lignes un air de miséricorde. Il faisait beau. Des fenêtres ouvertes débordaient de longs rideaux blancs. Sur des chaises longues et des fauteuils d'osier tirés sur la terrasse, des blessés prenaient le soleil. En fermant les paupières et grimaçant sous ses rayons, ils souriaient du bonheur d'être vivants, au printemps 1916, dans la campagne sous Verdun.

Dès que le service lui en avait laissé le loisir, Ravel avait visité le parc dans les moindres recoins, jusqu'au mur d'enceinte et au carré broussailleux où le jardinier amassait et laissait pourrir les feuilles mortes. Il avait fait le tour de la petite chapelle élevée au milieu des arbres. Ils la dissimulaient à moitié, si bien qu'elle semblait une rêveuse image apparue entre les fûts des chênes et des hêtres. Elle servait de morgue. À la nuit, l'apparition de taches de lumière colorée tremblant dans l'ombre révélait une présence entre ses murs. Le curé de Dieue-sur-Meuse faisait brûler un cierge derrière les vitraux et un infirmier, un médecin ou des soldats qui l'avaient connu, venaient se recueillir devant un mort.

Ravel avait causé avec deux mitrailleurs installés au fond du parc, à l'abri d'un trou creusé dans la terre, d'où ils guettaient distraitement un éventuel avion ennemi. Ils fumaient et regardaient surtout les remous ridant la surface de la Meuse. De la berge basse que le fleuve tranchait comme à la bêche, l'ambulancier, lui, regardait l'horizon de l'est, du côté où le front était le plus proche. Sur l'autre versant de ces collines boisées que sa carte appelait les Hauts de Meuse, se trouvaient les Éparges, la Tranchée de Calonne et la plaine de la Woëvre où les combats avaient été si meurtriers l'année précédente. Il espérait aller un jour par là-bas, sous la grande forêt qui couvrait le relief tout entier. Un vol de grues venait du Sud. Leur tache noire dans le ciel s'allongeait, s'effilochait, flèche ondoyante où apparaissait un grand V. À l'approche, il put distinguer chacun des points dont ses branches étaient formées. Parvenu au-dessus de la vallée de la Meuse, le banc d'oiseaux se mit à décrire des cercles, ralliant à chaque tour des retardataires. Il les entendait pousser leur cri, grinçant et puis moelleux, qui coupait l'espace et en caressait aussitôt la blessure. Lorsque leur compagnie fut entièrement réunie, les grues passèrent très bas au-dessus de lui, avant d'obliquer vers les côtes de Meuse. Elles ne criaient plus, mais il entendait, puissant, venu du plus loin du temps, le bruit de leurs ailes appuyant sur l'air. Il sentit l'onde d'un vaste éventail l'envelopper tout entier. Il les regarda longtemps s'éloigner, jusqu'à ce que le point ultime de leur vol se fût évanoui à l'horizon. Elles étaient passées du côté des Allemands et continuaient leur voyage vers les eaux poissonneuses des lagunes du Grand Nord.

En dehors du curé et de quelques fournisseurs, on ne croisait dans la propriété que des militaires. Pourtant, sous les ordres de médecins dont la majorité étaient des civils mobilisés dans le service de santé des armées, les soldats semblaient autant d'individus autonomes. Les uniformes étaient complétés ou remplacés par le linge blanc du corps médical, les cheveux moins courts et l'allure des hommes elle-même plus libre et moins tristement paresseuse. Les soins à prodiguer, les arrivages réguliers de blessés supplémentaires, au rythme de la bataille, imposaient une discipline rigoureuse. L'urgence et la miséricorde commandaient mieux que les coups de gueule des sous-offs. Les hommes affectés à l'hôpital, au contact de camarades redescendus démolis des tranchées de Verdun, avec le petit carton rose de l'évacuation sanitaire accroché à un bouton de la capote, mesuraient à tout instant le privilège de servir à distance de la ligne de feu. Ils redoublaient d'activité quand arrivaient de nouveaux blessés, les vêtements déchirés, croûteux de la boue des tranchées et couverts des pansements sanglants des premiers secours. Ravel, comme les autres, accourait et se dépensait sans compter pour transporter les arrivants vers les salles d'opération ou de repos. Il présumait de ses forces et lorsqu'il prétendait s'atteler au brancard sur lequel gisait un blessé dont les pieds débordaient largement, un costaud le repoussait doucement pour prendre sa place. L'adjudant infirmier qui dirigeait son équipe, inquiet de voir ce petit homme frêle s'acharner à faire l'éreintant travail du brancardier, le renvoya au volant de sa camionnette.

Ravel effectua de courtes missions autour des Monthairons, tantôt remontant la vallée, vers le front, pour en ramener des blessés, tantôt la descendant, pour aller vers les dépôts chercher du matériel et des fournitures. Pendant deux jours, il fit la navette entre l'hôpital et la gare de Dugny, à quelques kilomètres au nord. La voie ferrée qui suivait le cours du fleuve de Commercy à Verdun, coupée dès le début de la guerre lorsque les Allemands avaient pris Saint-Mihiel, ne pouvait plus servir. Dans ce village, entre une vieille église fortifiée, coiffée de hourds de bois, et les fours à chaux qui avaient poudré de blanc les alentours, il devait prendre livraison du charbon destiné à l'alimentation de la chaudière et des poêles de l'hôpital. Les médecins, qui surchauffaient les salles, en faisaient grande consommation. La gare était abandonnée. Au mur des pièces vides et sales, étaient encore affichés les horaires des trains, les tarifs et les consignes aux voyageurs, menus signaux du temps de paix au pays de la guerre. Il n'y trouva personne. Il appela à plusieurs reprises. Enfin, un soldat de passage lui suggéra de pousser jusqu'à la carrière. Là, dans une caverne, sous six mètres de terre et de roche, un gros sergent du matériel était assis derrière une table. Devant lui, une lampe à pétrole éclairait un registre et faisait luire son visage, lune d'équinoxe au milieu de la nuit profonde. Dans le reste de l'antre, Ravel ne distinguait que des contours et sentait la poussière du précieux minerai. Avec sa face de mandarin, ses yeux de nyctalope, sa panse d'ogre mou, ses gestes lents et précis, le sous-officier semblait une taupe dans son trou, paisible et prospère. Il se tenait près de ses sacs à charbon, loin des obus, des bombes et de tous les dangers et dérangements de la guerre. Sa vie de guerrier, c'était sa table, sa chaise, ses cahiers, sa plume, sa bouteille d'encre, les colonnes de chiffres qui en sortaient et ce royaume d'ombre que creusait la lueur de la lampe. Ravel l'admira, un peu inquiet tout de même.

Pendant son service à l'ambulance chirurgicale n° 13 des Monthairons, le conducteur Ravel fit une découverte qui acheva de donner à ce séjour au bord de la Meuse la meilleure place, la seule heureuse, dans sa mémoire des années de guerre. Appelé au château pour exécuter une corvée, il aperçut un piano au fond du vaste vestibule. C'était un bel instrument, un Érard demi-queue, dans son habit de chêne clair et luisant. Il avait été poussé sous une fenêtre, au pied du grand escalier, quand il avait fallu vider les pièces de réception de leur mobilier pour y organiser des dortoirs, des salles de soins et d'opération. Le piano avait sans doute été laissé au rez-de-chaussée à cause de son poids et parce qu'il arrivait à quelque médecin ou infirmier d'y pianoter, retournant ainsi par moments, pour distraire le cafard, à des agréments d'autrefois, du temps qu'il était civil et dormait chez lui.

Le lendemain, avant la tombée du jour, Ravel revint dans le vestibule du château. On y entendait, passant les portes des salles qu'il desservait, les menus bruits d'un hôpital avant l'heure du repas. Les sons clairs et brefs du verre et du métal heurtés dans les bassines traversaient un brouhaha de routine : les chuintements des pas feutrés, des paroles à voix basse, les chocs des tables bousculées et des chariots poussés. Il attira à lui le tabouret, en régla le siège à sa taille et s'assit. Cela faisait des mois qu'il ne s'était pas trouvé dans cette posture autrefois quotidienne. Jamais, depuis la petite enfance, il n'avait été si longtemps séparé du piano. Ses mains se posèrent sur le couvercle et, les paumes épousant la courbe du bois ciré, l'ouvrirent doucement. Le clavier luisait sous la fenêtre. Du bout des doigts de la main gauche, il le caressa, sans appuyer, sur toute sa longueur.

Le service aux armées ne lui avait donné ni l'occasion, ni le loisir de jouer depuis qu'il s'était engagé. Il n'en avait d'ailleurs pas éprouvé l'envie. Il lui arrivait de penser que la musique, c'était fini pour lui, qu'il avait tout donné, que son sac était vide, que la guerre l'avait crevé et qu'il n'était désormais plus bon qu'à mourir pour la patrie, quelque part sur le front. La guerre l'avait distrait de lui-même, avant de le soustraire à la vie. Elle avait bouché tout l'horizon, dévoré tout l'avenir et l'avait livré tout entier au présent. L'armée le logeait, l'habillait, l'équipait, le nourrissait, le transportait. Elle occupait ses jours, et, la nuit, l'enfonçait au milieu des ronfleurs dans le sommeil de la brute, la seule grâce qu'elle lui avait faite. Il avait déjà connu de ces périodes vides, à Paris, entre deux frénésies de création. Il s'étourdissait alors en sorties nocturnes, soirées arrosées avec des amis, scandales au concert et esclandres dans les cafés à la mode. La guerre lui avait tenu lieu de tout cela, en plus grand, en plus large, en plus bruyant, en plus désordonné, en plus sale. Dans l'énorme concerto du front, ses camarades de chahut étaient plusieurs millions repeints en bleu et kaki. Les dissonances et les éclats, largement distribués, y faisaient d'autres dégâts. Derrière les portes du château, ceux qui gisaient sur les lits de l'hôpital de campagne, meurtris, enveloppés dans le linge blanc des draps et des pansements, qu'il avait entendus crier, l'insulter parfois, se plaindre et gémir dans l'ambulance automobile qu'il conduisait, témoignaient de l'atroce réalité, de la vérité vraie, comme disaient les paysans meusiens.

Maurice Ravel se mit à jouer. Ses doigts allaient avec agilité sur les touches. Secs et précis, ils frappaient sans la moindre hésitation les petits morceaux d'ivoire blancs et noirs. Le pianiste en regardait à peine l'ordonnance familière. Ses mains se déplaçaient, sautaient de l'un à l'autre, mues par une volonté propre, une intelligence et une mémoire qui étaient en elles. Il s'était à peine rendu compte que ses doigts avaient spontanément joué du Chopin. Il avait toujours eu du goût pour ce compositeur, mais il avait oublié qu'il l'aimait à ce point-là, que ce n'était pas vraiment lui qui aimait Chopin, mais ses mains, cette main gauche qui montait dans la gamme et cette main droite qui la descendait. Ses bras mouvants, ses jambes frémissantes, tout son corps s'animait et dansait. Sa respiration s'était réglée sur celle des mélodies. Son souffle était leur rythme. Il voyait l'envers des rêves.

Quand Ravel leva la tête, il aperçut, à distance respectueuse, debout dans l'entrée et sur les marches de l'escalier, une assistance muette. Elle ne bougeait ni n'applaudissait, dans l'espoir peut-être que le concert impromptu se prolongeât. Ils étaient ainsi quelques médecins, infirmiers et convalescents, que la musique, traversant portes et cloisons, avait un à un silencieusement rassemblés. Le pianiste joua encore la *Mazurka en ré majeur*, puis une pièce délicate et lente que personne n'identifia. Son doigt pressant la touche de la note ultime la fit longtemps résonner. Elle sembla répandre sa vibration au-delà des portes, des vitres et des murs, jusqu'au parc où le jour finissait. Le musicien penchait la tête comme s'il avait voulu la baigner dans le son qui se diluait. Puis il se redressa, se recueillit un instant dans le silence et referma le couvercle sur le clavier. Il se leva et, se tournant vers les auditeurs massés dans l'entrée, la main gauche appuyée sur le piano, salua. Ils applaudirent doucement, tout en s'écartant pour le laisser passer. Tandis qu'il franchissait la porte et descendait vers le parc, Ravel entendit d'autres applaudissements, étouffés, et des exclamations indistinctes venir des dortoirs des blessés. Le lendemain, tout le personnel de l'hôpital et les patients en état de s'y intéresser savaient que le concert de la veille avait été improvisé par un conducteur de l'ambulance n° 13, et que ce nouveau venu était, avant la guerre, un musicien célèbre à Paris.

Le lendemain, l'engagé volontaire Maurice Ravel reprit son service comme si de rien n'était, le visage un peu plus impassible, indifférent aux plaisanteries et exubérances des loustics de la compagnie. On espérait qu'il recommencerait, et l'espérance ne fut pas déçue : il recommença le soir même. Le vestibule et l'escalier se remplirent de monde dès les premières notes. Au premier rang avait pris place le médecin colonel commandant l'hôpital, son état-major derrière lui, étagé dans la montée de l'escalier. Étaient là aussi, en pantoufles ou espadrilles, les blessés qui pouvaient marcher. Les infirmiers avaient tiré des chaises pour les moins vaillants.

Ravel avait négligé les partitions que quelqu'un avait disposées sur le pupitre du piano. Comme la veille, il jouait par cœur. Un infirmier, sans doute musicien lui aussi, chuchotait au fur et à mesure, à l'intention de son entourage, mais pour lui-même surtout, le nom des compositeurs qu'il reconnaissait. « Chopin... Chabrier... Fauré... » Au dernier, le connaisseur resta muet, puis, d'une voix encore plus basse, à peine perceptible : « Ça, je ne sais pas... c'est peut-être de lui... » C'était une musique délicieuse, apparemment très simple et incroyablement raffinée. Joyeuse et douloureuse à la fois, sans qu'il soit possible de dire laquelle dans ces harmonies était joyeuse, laquelle était douloureuse, elle ne ressemblait à rien de connu. La même note éveillait en même temps les deux sentiments dans la petite assemblée. Ils l'empoignaient doucement et lui faisaient boire l'émotion infinie. Ces hommes, réunis au cœur du château, sur le bord de la Meuse où la bataille rejetait ses épaves, qui avaient vu d'autres hommes, jeunes et forts comme eux, mourir à leurs côtés, dans les draps et le silence de cet hôpital ou au milieu des vagues de terre ignobles et hurlantes dont ils étaient réchappés, qui avaient entendu leurs cris, leurs appels, leurs gémissements, leurs derniers mots, le souffle ultime de leurs agonies avant la paix et la mort, écoutaient le petit soldat pianiste de toute leur attention.

Quelques jours après, une grosse enveloppe au nom du soldat Ravel arriva à l'ambulance chirurgicale n° 13 des Monthairons. Il n'y était plus. Le vaguemestre fit suivre et elle se perdit. Elle avait été postée de Paris par Mme Henry de Jouvenel, dite Colette, et contenait la première version du livret de *L'Enfant et les sortilèges.*

La mort dans la forêt

Au mois de mai, le conducteur Ravel et sa camionnette furent envoyés au nord-ouest de Verdun pour participer au ravitaillement des troupes en ligne. Cette fois, il y était. Les Allemands avaient renoncé momentanément aux offensives générales pour leur substituer un bombardement permanent, de jour et de nuit, sur toute la ligne, et des attaques locales par surprise, fréquentes et déterminées. Plus que jamais, la résistance française dépendait de sa capacité à renouveler sur ses positions combattants et matériels et à leur assurer un approvisionnement continu en vivres et munitions. Les véhicules allaient aussi en avant que les chemins le permettaient, ensuite c'est à dos d'hommes ou de mulets que les charges étaient acheminées sur le terrain bouleversé du champ de bataille. Maurice Ravel fut de ces conducteurs courageux qui poussaient leur camion à la lisière des combats.

Il opérait dans le secteur des Bois Bourrus, au nord-ouest de Verdun, où se trouvaient de nombreuses batteries d'artillerie françaises. Leur secteur était constamment bombardé par les pièces lourdes allemandes. Au volant d'Adélaïde, devenue aussi familière que sa chambre à coucher, le conducteur Ravel acheminait vers les collines fumantes des obus et des vivres, descendait vers les hôpitaux et les points de rassemblement des blessés légers et des rescapés complètement rincés. Il faisait zigzaguer sa Panhard entre les trous creusés dans la chaussée par les éclatements. Parfois un obus explosait à proximité. Il en sentait à peine le souffle tant sa camionnette tremblait du moteur et cahotait sur le chemin, mais il voyait le bris des branches au passage du projectile et la gerbe de terre et de pierres soulevée par son impact. Il sut assez vite reconnaître le calibre des obus et leur puissance destructrice au bruit qu'ils émettaient en traversant les couches de l'air. Il se demandait si son oreille de musicien ne lui avait pas donné en la matière un avantage sur ses camarades. En tout cas, c'était à bon escient qu'il se précipitait parfois hors de sa camionnette, en criant aux hommes qu'il transportait, le cas échéant, de faire comme lui. Il se couchait dans le fossé ou se blottissait au fond du premier trou venu et attendait que le gros noir ait éclaté et que la salve soit passée. Il faisait preuve d'une certaine agilité dans cet exercice et sur son uniforme, hier si bien ajusté, apparaissaient maintenant les salissures, fatigues, accrocs et déchirures du métier de soldat.

Un jour, alors que le bombardement se prolongeait, il entendit près de lui chanter un oiseau entre les intervalles des explosions. Il le chercha des yeux et finit par découvrir sa petite forme sur une branche. Il reconnut une fauvette. Son bec s'ouvrait et lançait ses trilles. Même le fracas d'un proche éclatement ne faisait pas cesser son chant. Elle était posée sur la seule branche intacte d'un arbre mutilé. À la mouillure de ses plaies, le soldat voyait que la sève y montait encore. Au même moment, avec autant de certitude et de précision que dans le vestibule du château des Monthairons, il sentit en lui remuer la musique. Il l'entendit. L'expression de son visage quand il sortit de son trou, la dégelée passée, impressionna les fantassins blessés qu'il accompagnait. Ils prirent cela pour du courage ou peut-être de l'imbécillité.

Ravel enchaînait les missions. Il ne dormait guère, mangeait comme il pouvait, mais ne s'ennuyait pas. Il était content de ne croiser dans ces parages mortels que des combattants, des vrais : sales, goguenards et râleurs. Il les regardait monter, tassés sous leur sac énorme et trimbalant des armes de toutes sortes, l'énigmatique attirail des tranchées, inventé, perfectionné et renouvelé depuis deux ans de guerre pour détruire ceux d'en face ou pour les empêcher de détruire ceux de chez nous. Ils traînaient les pieds, s'invectivaient, protestaient avec vigueur, sans se soucier des gradés, contre l'injustice et le mauvais sort qui les conduisaient là, contre le temps qu'il faisait, contre les Boches, contre les grands chefs, contre les embusqués, contre tout.

Ils y allaient appuyés sur un bâton, croisaient ceux qui descendaient, moins nombreux, qui se taisaient, épuisés. Ceux-là faisaient vingt ans de plus que leur âge. L'hébétude, l'absence de pensées paraissaient une compensation à leur misère, la morphine du désespoir. Les prisonniers étaient les plus misérables. Survivants eux aussi, dans le même état que ceux qu'ils combattaient une heure ou deux auparavant, mais dépouillés de leur harnachement de cuir et de métal, ils se serraient en maigres troupeaux, frileux, efflanqués et perdus au seuil d'un nouveau monde, d'une nouvelle vie, captifs chez l'ennemi.

D'autres êtres vivants dans ces marches de l'enfer retenaient l'attention du musicien, avec une sympathie, une compassion plus fortes encore. Les chevaux, ceux de l'artillerie qui s'échinaient à tirer autant qu'à arracher des charges énormes sur des chemins sans repos, l'impressionnaient douloureusement. Il voyait les tendons de leurs encolures se roidir, leurs côtes saillantes se soulever, leurs yeux brillants de fièvre s'arrondir au bord des orbites, comme prêts à en jaillir. C'était leur docilité qui lui faisait le plus de peine. Il croisa une file de petits ânes disparaissant presque entièrement sous leurs bâts et les reconnut. Leurs oreilles pointues émergeaient de la charge au-dessus de leurs bonnes têtes, et leurs pattes grêles sous les sacs allaient à pas menus et sûrs au bord de la route. Quand ils s'arrêtaient, ils joignaient leurs sabots avant. Des hommes aussi petits que lui, noirs de poil, vêtus de capotes trop grandes, de pantalons de velours tire-bouchonnant sur les brodequins, les menaient tranquillement sur le terrain bouleversé et fangeux, au plus près des tranchées, là où seules les bêtes de la montagne pouvaient passer avec un chargement. Ces hommes, qui n'avaient du soldat que ces pièces d'uniforme, ces casques au ras du regard et ce masque à gaz qui leur battait les fesses, étaient des bergers des Pyrénées et de son Pays basque.

Surmenée, abîmée par les terrains défoncés où elle était aventurée, Adélaïde tomba en panne. Un camion la remorqua jusqu'à un atelier du train caché dans la forêt de Marre, au sud des Bois Bourrus, hors de portée de l'artillerie allemande. Les mécaniciens qui s'y trouvaient ne parvinrent pas à la remettre en état de marche. L'outillage lourd et les pièces faisaient défaut pour effectuer sur place les réparations nécessaires. Il fallait qu'un engin à remorque vienne les chercher, lui et Adélaïde, pour les ramener vers l'arrière, à l'échelon principal de l'unité. Ravel avait téléphoné, envoyé un message, on lui avait répondu qu'on viendrait dès qu'on pourrait et qu'il lui fallait attendre. Alors il s'installa dans la forêt, sous un abri de branchages, comme les autres. Il partagea le repas du détachement qui séjournait là, conducteurs et mécaniciens renforcés par quelques téléphonistes. Ils avaient construit, avec les ressources tirées de la forêt, ce qu'ils appelaient leur village nègre, qui ressemblait à un campement de charbonnier où fumeronnait en permanence un feu central. Ils faisaient cuire des pommes de terre sous la cendre.

Ravel y resta huit jours, à lire, écrire, fumer et dormir. La compagnie l'avait pris en charge. Il avait partagé avec les hommes ses provisions, des boîtes de conserve que des amis lui avaient envoyées de chez un fameux traiteur de Paris. Il les arrosait du vin rouge de l'intendance, pinard aux origines incertaines, avec les patates brûlantes, à la peau noire et craquante, et le lapin braconné par un sapeur, un Solognot dont il comprenait à peine le langage. Le musicien se rendait utile en aidant à charger et décharger des camions, en poussant un engin lent à démarrer. Il se joignait volontiers à la corvée de bois qui s'éloignait de plus en plus pour trouver des branches sèches dans les ravins boisés. Il quittait les mains dans les poches la crasse du campement, le désordre et la pouillerie de la guerre, pour s'enfoncer dans la lumière vert tendre de la forêt de mai. Ravel oubliait alors qu'il portait la même chemise depuis dix jours, sans parler du reste, il oubliait le casque dont la doublure de cuir collait à son front, les lunes noires au bout de ses ongles, le hâle suspect de ses mains et la pâleur grisâtre de son visage. La guerre l'avait vieilli. Il en guettait les stigmates chaque matin lorsqu'il se rasait à l'eau froide, comme les officiers, en guidant au reflet d'un miroir de poche la lame sur ses joues creusées. Cherchant le bois mort sur le tapis ras du sous-bois, il voyait le bleu des pervenches et le blanc du muguet, fleurs du hasard et de l'ombre, le vol sombre et silencieux des oiseaux entre les arbres, et, partout, neuves du printemps, fripées encore, douces et lumineuses, les feuilles fraîchement déployées. L'air était soyeux et toutes choses, sous les rayons du soleil traversant la canopée, avaient le duvet de la jeunesse. Il suivait les sentiers et prenait garde de n'abîmer plus que le nécessaire dans sa marche. Le grondement de la canonnade se perdait dans les hauteurs et ne descendait pas au fond des ravins. Rien de la bataille ne venait jusque-là : ni vacarme, ni odeurs, ni fumées. Il entendait le silence de la vie, la respiration du monde. Tel coin lui rappelait un bois où il allait se promener près de Ciboure, pendant les vacances, tel autre, un écart du parc Monceau, son terrain de jeu et celui de son frère quand ils étaient enfants. Les images du passé affluaient dans un éblouissement doux et chaleureux. Il ramenait sa brassée de branches au campement, et, triste à mourir, s'occupait à entretenir le feu.

Un jour, sous un bombardement sporadique, assis sur un peu d'herbe pas encore foulée, le dos appuyé contre le talus, à l'abri d'éventuels éclats, et sa camionnette rangée sous un arbre pour la dissimuler aux avions, il mangeait avec sa boule de pain un saucisson coupé au couteau, à gros morceaux, entre le pouce et l'index, lorsqu'il vit s'avancer sur le chemin et passer rapidement devant lui une file de soldats portant à bras, une sangle tendue sur leurs épaules, quatre brancards. Sur chacun gisait le cadavre d'un Marocain. L'un n'avait plus de tête. C'étaient des morts frais de l'attaque du jour qu'on allait enfouir quelque part. Il regarda le groupe s'en aller jusqu'à ce qu'il disparaisse derrière un rideau d'arbres. Il n'avait pas détourné les yeux. Il avait fixé ce tronc décapité, il avait vu le sang à peine séché, des souillures innommables sur ces formes humaines. Il avait bien observé, posément, non pas fasciné, mais scrupuleusement attentif.

Il s'étonna ensuite que ce spectacle de cauchemar l'ait si peu touché, et, pour tout dire, laissé complètement froid. S'était-il habitué, endurci, avait-il enfoui son âme sous la boue séchée de l'indifférence, comme son corps l'était sous la peau de bique et sa tête sous la bourguignote ? Il n'aurait su dire à ce moment-là. Il savait seulement qu'il n'avait pas eu peur sous les bombardements, ni éprouvé d'angoisse après, ni de crainte avant d'y retourner, ou juste ce qu'il fallait pour se préserver. Il n'avait pas été écœuré par l'aspect de blessures affreuses, le sang et l'odeur du sang. Il avait pataugé sans répugnance dans une gadoue ignoble, mangé dans l'odeur des cadavres. Cette patience, ce calme et ce détachement, il ne s'en serait pas cru capable et personne n'aurait pu croire cela de lui. Il le disait dans ses lettres, sans insister, d'un ton dégagé, avec son humour habituel où la dérision était d'abord pour lui-même. Déjà, il sentait combien les paroles étaient vaines. On ne pouvait pas dire ce qu'était cette guerre, qui était beaucoup plus que les morts, les blessures, les cris, la peur et la souffrance. Elle était un climat sombre, une contrée sinistre, une force qui de l'homme absorbait toute joie et lui versait à la place, droit au cœur, le lent poison du désespoir. Personne ne pouvait comprendre, sauf ceux qui étaient là. Ravel n'aurait pas voulu être ailleurs.

Au bout de huit jours, alors qu'il commençait à croire qu'on l'avait oublié dans ce bois de Marre et que sa vie forestière se prolongerait tant que durerait la bataille, un camarade au volant d'un camion remorque vint les chercher, lui et Adélaïde. Il en fut presque déçu. Il s'était habitué à charbonner dans sa clairière. Il avait senti se resserrer un lien ancien, un lien de naissance avec la forêt. Elle s'était comme épanouie en lui. Il l'aimait pour sa beauté fixe et changeante, sa puissance et sa vie secrète. Elle était l'enfance et le refuge, la mère des contes et des songes. Elle était comme l'océan, elle était l'océan sur la terre.

Pour éviter la route de Verdun à Bar-le-Duc, son trafic infernal et réglementé, ils descendirent au sud par de petites routes blanches se tortillant dans la campagne. Ils traversaient un beau pays où le flux et le reflux de l'invasion, au début de la guerre, avaient laissé par endroits de sinistres stigmates. Des villages incendiés et des fermes ruinées, des tombes parfois isolées au bord d'un fossé, souvent groupées dans un enclos de rondins, au coin d'un bois ou dans un verger, ponctuaient leur itinéraire de notes cafardeuses. Mais beaucoup de secteurs avaient été épargnés, et parfois ils parcouraient dix kilomètres sans qu'aucune trace des combats ne soit visible. Alors le printemps semblait les serrer contre lui. Les prairies étaient couvertes des fleurs de mai. Le fond des petites vallées prenait la couleur du blé en herbe, piquée des points rouges des premiers coquelicots. Les vaches au pré dans l'herbe riche s'arrêtaient un instant de brouter pour les regarder passer. Les bêtes qu'il avait vues tout l'hiver, massées dans les enclos militaires, étaient destinées à l'abattoir. Pas celles-ci. Elles rentreraient le soir à l'étable, par le chemin qu'elles savaient depuis toujours, vers ce village où rien ne semblait avoir changé : tas de fumier, instruments agricoles sur les usoirs, poiriers et vignes palissés contre le mur des maisons, entre les fenêtres. Les enfants en tablier sale qui jouaient dans la grand'rue leur disaient bonjour au passage. Les garçons faisaient le salut militaire et Ravel leur répondait en riant.

Les deux conducteurs s'accordèrent une halte entre Bar-le-Duc et Saint-Dizier, dans un café de Rupt-aux-Nonnains, au bord de la Saulx. L'aubergiste leur servit deux truites avec une bouteille de vin gris. Le vin venait des dernières vignes de Bar, les truites de la rivière. Depuis la terrasse, sous la tonnelle de vigne vierge, en fumant une cigarette, ils en virent beaucoup d'autres, vivantes, immobiles face au courant, entre les longues algues qu'allongeait la caresse fuyante de la Saulx. Cette chevelure d'eau avait fleuri, de sorte que la rivière qui coulait, brillante, entre les bois, les prés et les potagers, paraissait un jardin en voyage. « Hein, le croirais-tu ? » et ils trinquaient, tristes à peine de devoir bientôt remettre le casque.

Leur unité avait sa base arrière à Chamouilley, un bourg tassé entre la Marne et le flanc bref et abrupt du plateau barrois, à trois kilomètres au sud de Saint-Dizier, à la limite de la Meuse et de la Haute-Marne. Habitaient ici et dans les parages des paysans et beaucoup d'ouvriers des forges alentour, nombreuses dans cette contrée d'eau et de forêt généreusement arrosée, d'un vert si intense que même sous les feux du soleil couchant l'aspect en restait sombre. À côté des usines métallurgiques, l'état-major avait installé les ateliers de réparation et d'entretien des véhicules de l'unité de transport à laquelle appartenait le musicien. À leur arrivée, il restait assez de jour pour que Ravel se mît en quête d'un logis autre que le baraquement où les nouveaux arrivants trouvaient place. On lui donna l'adresse d'une dame dont le locataire venait de remonter au front. Elle habitait, au bout du village, avec ses trois enfants, une grosse maison à la mine avenante. La chambre à louer, qui donnait sur l'arrière, était grande et propre. Elle avait un air de vieille province qui lui plut immédiatement, comme la bonhomie de sa logeuse et la curiosité des enfants, timide, puis vite amicale, pour le soldat revenant de Verdun. Comme il était trop tard pour aller dîner dans la grange de l'ordinaire, éreinté, il se coucha et s'endormit aussitôt.

Il émergea d'un sommeil puissant, épargné des cauchemars, et son réveil au jour prolongea le délice du repos. Les rais de lumière, découpés par les persiennes, paraissaient imprimés sur le plancher dans la chambre obscure. L'heure de l'appel était encore loin. Ravel entendait, à travers les vitres minces, les chants vifs et rapides des oiseaux tout à leur activité du matin. Il ouvrit la croisée, poussa les volets qui pivotèrent en grinçant. Sous le blond soleil du levant, la terrasse et le jardin brillaient avec ce même éclat, limpide et tremblé, des terres à l'approche de la mer. Au bout du clos, après le grand cerisier, l'assemblée des arbres remontait vivement le coteau. C'était comme si le pays barrois, en tirant la couverture forestière à lui, avait livré au soleil le bord de la Marne, ses habitants et les soldats qu'ils hébergeaient. Son hôtesse avait préparé le café. Il n'eut qu'à suivre le chemin d'arôme qui conduisait à la cuisine, aussi précisément et plus sûrement que les panneaux de Bar-le-Duc à Verdun. Il aurait pu tomber plus mal, pensait-il en descendant l'escalier.

Maurice Ravel resta quatre mois à Chamouilley. Au début, le service lui fut particulièrement pénible. Les tâches n'étaient pas plus dures qu'à l'ambulance des Monthairons, mais l'éloignement du front en rendait l'utilité moins apparente. Le lieutenant Bloch avait été muté et le sous-officier qui commandait son groupe, gueulard et peu subtil, avait pris le musicien en grippe. Ravel écrivit à son ancien chef, le capitaine Le Lorrain, un mélomane qu'il avait connu du temps de son instruction militaire à Paris. Quelques jours plus tard – le service postal fonctionnait bien –, son régime de travail s'améliora. Le sergent avait renoncé à l'accabler de travaux absurdes et il n'eut plus qu'à peindre les carrosseries d'engins réparés, tout en rendant quelques services. Il attendait qu'Adélaïde fût remise en état. Les mécanos n'avaient pas voulu s'engager sur une date. La camionnette n'était pas d'intérêt prioritaire, contrairement aux poids lourds destinés au transport de troupes et aux ambulances automobiles dont la bataille de Verdun continuait de faire grande consommation. Ravel eut beau plaider, affirmer son désir de reprendre les missions vers le front, ce qui lui valut une réputation d'originalité encore plus suspecte que son métier de musicien, la réparation de son véhicule n'avançait pas.

Il réclamait des livres à ses amis qui lui en envoyaient par paquets. Il préférait leur lecture à celle des journaux. La presse qu'il achetait au café lui était devenue insupportable depuis son retour du front. Comme tous ceux qui en avaient connu ou approché le paysage misérable, il était dégoûté par les commentaires satisfaits des journalistes, leur héroïsme de papier, leur patriotisme de phrases et la bêtise de ce qu'ils racontaient de la guerre. Eux, soldats, avaient vu, entendu, touché et senti. Ils avaient vécu et beaucoup étaient morts. La réalité faisait honte à toute cette logorrhée. Tant de bavardages sur tant de souffrances, d'efforts horribles et de dévouements désespérés. La réalité s'était prodigieusement éloignée du langage des hommes depuis le début de la guerre. Il n'y avait pas de mots pour cette chose surgie comme une terre nouvelle, noire, brûlante et désolée, du côté de Verdun. Son hôtesse allumait le feu avec les journaux de la veille.

On ne trouvait, à Chamouilley, ni piano, ni partitions à lire, ni phonographe, rien que les chants des soldats dans les cafés, la voix de sa logeuse qui fredonnait de vieilles romances en s'affairant dans sa cuisine et celles de ses enfants qui répétaient sans se lasser les comptines apprises à l'école communale. Depuis que l'envie de jouer lui était revenue sur le piano du château des Monthairons, la musique lui manquait. Pendant l'hiver 1915, un vide sans douleur avait remplacé l'énergie de l'amour qu'il avait si intensément connu. Au début du printemps 1916, cette jachère de l'esprit et de l'âme avait imperceptiblement frémi. Une vie souterraine en lui cheminait et cherchait sa forme, travaillait le terreau des jours et du passé, et sur le sol brûlé par la guerre nourrissait une force irrésistible. Cette sensation familière, ce fourmillement de forces qui s'éveillent, annonçait, il en était sûr, l'accès à des paysages nouveaux, à des terres inconnues. D'autres couleurs, d'autres accents, d'autres rythmes remuaient en lui et s'essayaient obscurément à des combinaisons nouvelles, des harmonies inédites. Il le devinait. Il éprouvait un besoin, un désir impérieux de musique, d'écrire de la musique et donner au jour ce qui en lui avait grandi, qu'il ne connaissait pas encore et qui était lui-même.

Il faisait des promenades dans le parc du château voisin que ravinait la Cousance. Le ruisseau, après avoir refroidi la fonte et le fer des forges d'amont, descendait rapidement du plateau pour se jeter dans la Marne. La rivière roulerait son eau dans la craie de Champagne, le limon de la Brie, avant de joindre la Seine et d'entrer dans Paris. En regardant l'eau noire aux franges d'argent, Ravel s'abandonnait au tabac gris, à sa fumée et à la mélancolie. Il jetait dans le courant son mégot qu'il regardait danser quelques instants sur les fluides et puissantes torsades de l'eau vive, et s'en aller là-bas où étaient sa mère et ses amis. L'eau du ruisseau arriverait avant ses lettres.

Le parc était rempli d'oiseaux. Dans ce domaine intermédiaire, aux seuils des univers se retrouvaient les espèces familières des bois, et celles des jardins et des bords de l'eau. Les oiseaux s'appelaient et se répondaient pour le plaisir de s'entendre. Jouissant de vivre, boire et chanter, sous la pulsation suave du coucou, basse intermittente et persuasive d'un ciel de sons, ils hérissaient l'air de leur conversation. En ces jours de mai et de juin, que l'été chauffait à distance d'avenir, la réunion des pinsons, des roitelets, des chardonnerets, des merles, des grives musiciennes, des bouvreuils et des fauvettes, formait sous les grands arbres un merveilleux parlement, frémissant de la vie surabondante du temps des accouplements et des nids. Ravel essayait d'apercevoir chaque oiseau dont il distinguait le chant. Ses yeux exploraient la pénombre dans la forêt des branches, jusqu'à ce qu'ils aient repéré le chanteur. Il voyait les menues silhouettes, leurs becs ouverts, anodins compas d'où fusaient pépiements, trilles et sifflements. Comment ces corps à peine discernables pouvaient-ils émettre un son aussi puissant, aussi fermement conduit et fusant si loin ? Assis dans l'herbe, le dos contre un gros tronc d'arbre, un carnet sur les genoux, comme il le faisait déjà aux Bois Bourrus, le compositeur notait au crayon le chant des oiseaux.

Bien que son service ait été allégé, Ravel ne parvenait pas à sortir de l'état d'épuisement dans lequel le surmenage et des efforts excessifs l'avaient plongé. Ses jambes étaient lourdes, son souffle court, sa poitrine oppressée. Une promenade un peu plus longue, par les sentiers montueux des bois du Barrois et de la forêt du Val, l'exténuait. Passer une écluse ou un pont sur le chemin de halage, le long du canal, même cela lui était pénible. Il espérait chaque soir que la nuit de sommeil le déposerait le lendemain, rajeuni, sur le rivage d'une nouvelle journée. Il était déçu chaque matin. À l'issue de la visite médicale qu'il avait sollicitée, le major diagnostiqua une légère hypertrophie du cœur. Ravel n'insista pas, de crainte d'être déclaré inapte à la conduite et affecté dans un bureau. En tout cas, il devait mettre une croix sur ses rêves d'aviation. Il se remit à peindre en gris les camions retapés par l'atelier de carrosserie. Et quand il marchait sur les berges du canal de la Marne à la Saône, dans son uniforme bleu pâle, c'est sa dépression qu'il longeait.

En août, une permission à Paris lui donna quelques jours de répit. Ses amis étaient venus l'accueillir à la gare de l'Est. Sous l'immense verrière, toute résonnante du chassé-croisé des banlieusards et des permissionnaires, ils fêtèrent le poilu Ravel. C'en était un vrai maintenant, qui sentait la guerre, avec son casque rejeté sur la nuque, sa musette en bandoulière et sa capote usée, raccommodée à gros points par ses soins, au bleu sournoisement jaunissant. Toute la semaine, il sortit en uniforme, sans le casque, remplacé par un képi neuf. Il alla au concert, au restaurant et dans une nouvelle boîte de nuit où on écoutait du jazz et dansait en buvant du champagne et des cocktails. La musique lui plut, pas le reste. Ces gens qui s'amusaient, ces officiers aux cuirs trop brillants, aux uniformes trop bien coupés dans un drap trop fin, ces femmes plus peintes que ses camions… C'était à peine croyable de voir autant de militaires à Paris. Rien que sur les boulevards, lui semblait-il, il y avait de quoi assurer la relève à Verdun pendant plusieurs jours. Tout ce monde n'aurait sans doute pas valu grand-chose sous les volées d'obus. Il fut surtout content de la joie de sa mère pendant ces quelques jours. Il se promena au parc Monceau et s'y souvint d'autres forêts.

Le retour au village fut désastreux. Les attentions de son hôtesse, la grâce enjouée des enfants, pour lesquels il pliait des cocottes en papier et modelait des figures grotesques avec de la mie de pain, ne parvenaient pas à le distraire. La grossièreté de ses camarades, leur langage désormais sans surprise pour lui, leur manière de tirer au flanc et de tout ramener au médiocre avaient cessé de l'amuser. Leur gentillesse bonhomme ne suffisait plus. Loin du canon et de l'agitation du front, la discipline militaire lui était odieuse. La vue du mauvais sergent, le bruit de sa bouche, les raclements de ses souliers lui gâchaient la journée. Là-dessus, les mauvaises nouvelles concernant les amis mobilisés tombaient comme de grosses pierres dans une mare sombre. « Jean a été tué sur la Somme... Jacques a été porté disparu devant Douaumont... Joseph vient d'être blessé au Vieil Armand ; il est perdu... » La vase montait en volutes lourdes, lentes et opaques et troublait toute lumière. Quand Ravel souriait, sa tristesse se voyait encore plus. Il demanda une nouvelle affectation et le fit savoir au capitaine Le Lorrain qui réagit promptement. Il fut envoyé à Châlons-sur-Marne.

Une petite ville, mais une ville. Le train, en l'y menant, avait roulé au bord de la Marne, longée en sens inverse quelques mois auparavant, à la fin du dernier hiver. La terre avait depuis longtemps bu ses miroirs. Elle était revenue dans son lit, sage entre ses berges, derrière un double rideau d'arbres vert foncé. Entre leurs échancrures subsistaient les dernières flaques de l'inondation, prairies au dos luisant comme un nageur. Dans la plate Champagne, sous le soleil d'août, par-dessus les blés coupés et dans la poussière de l'air, son regard allait là-bas chercher la fraîcheur. Ravel avait connu de ces voyages d'été entre la gare d'Austerlitz et celle de Saint-Jean-de-Luz aux voies ceintes de petites barrières blanches. La pointe aiguë du bonheur le traversa. Derrière la vitre du wagon, la plaine du Perthois n'était qu'éblouissements. Il n'entendait plus les exclamations des joueurs de manille et les ronflements des dormeurs ; rien que le roulement du convoi qui berçait sa rêverie.

Son séjour dans une des nombreuses casernes de Châlons ne dura que quelques jours. Il tomba malade aussitôt arrivé et dut être hospitalisé. La dysenterie, vieille connaissance du soldat en campagne, l'avait sérieusement détraqué et, dans son organisme affaibli, avait à la longue provoqué une péritonite. Ce fut à son tour de passer sur le billard, respirer le chloroforme et s'abandonner aux mains du chirurgien. Il s'amusa de constater qu'il avait été brave devant le bistouri et qu'il avait pris sa blessure de guerre dans cette petite ville paisible où l'on n'avait pas entendu un coup de canon depuis Napoléon. L'oisiveté forcée de la convalescence le livra, dégagé de tout sentiment de culpabilité, à la lecture, vieille passion que la guerre avait accrue en la contrariant.

Il avait énormément bouquiné à Chamouilley, dans sa chambre, sous la lampe, et, le jour, dans les ombres du parc. Il gardait un souvenir persistant de *Sylvie* et des *Filles du feu* de Gérard de Nerval, longtemps connus de réputation et découverts là, au bord de la Marne. Les impressions de lecture, précipitées dans cet entre-deux de la guerre, avaient en lui rajeuni les images du passé, soudain si vives, si rayonnantes, si riches, qu'il n'était plus certain de les avoir vécues, tout en étant sûr qu'elles dormaient au plus profond de lui depuis longtemps, depuis toujours.

Les idées musicales se présentaient chaque jour à sa pensée, se bousculaient et chaque jour étaient recouvertes par d'autres idées, plus fortes et plus insistantes. La lecture en stimulait la vigueur, elle leur donnait une apparence visible, comme hallucinée. Ne pouvoir jouer, sans doute, les exacerbait. Les pages de Nerval, leur puissance de suggestion, qui en quelques phrases démasquaient un ciel de légende sur un territoire géographique fabuleux et pourtant si proche, ne quittaient pas un instant son esprit. Il éprouvait le désir de transcrire en musique le plaisir, et beaucoup plus que cela, qu'elles lui avaient donné. Il demanda à ses amis de lui faire parvenir à Châlons des textes et des images de Senlis, de Mortefontaine, d'Ermenonville, de la vallée de l'Automne et des archers du Valois, afin de s'en nourrir, patienter et d'être prêt à se mettre au travail dès qu'il le pourrait.

De façon moins scintillante, mais plus profondément encore, la découverte du *Grand Meaulnes* avait ouvert en Ravel une saison nouvelle, cette saison de l'âme qui cherche sur terre son reflet. L'hiver, le printemps, l'été et l'automne, l'automne surtout : le passage de l'une à l'autre, cet état intermédiaire entre deux saisons est le bonheur et la consolation des régions tempérées. Les couleurs sourdes du livre, trouées, comme sur une toile de Corot, par le drame d'une touche de rouge, bonnet de pêcheur ou fichu de vachère, transfiguraient la salle de l'hôpital. Les soldats malades et blessés qui l'entouraient, avec leurs visages hâves ou soufflés par la médication, leurs têtes bandées, leurs plaintes, leurs appels, leurs soudaines fureurs, étaient comme les élèves de la classe de M. Seurel, frileux et jaloux, bruyants et angoissés.

Et voici que venait l'automne 1916. Les feuilles des marronniers qu'il apercevait par les hautes fenêtres du dortoir étaient brunies et racornies sur les branches. Beaucoup étaient tombées avec les pluies de septembre. Le ciel lourd, boueux, au loin était frangé de nacre, reflet monté des craies de Champagne. Chaque journée était comme un tunnel dans des épaisseurs de grisaille. Il s'illuminait à l'approche du soir pendant quelques instants. Le ventre de la nuée flambait lorsque le soleil, descendu sous la couche des nuages, balayait la terre d'un long rayon avant de glisser derrière la ligne d'horizon. Un garçon de salle bourrait le poêle de boulets de charbon. L'anse tintait contre le seau vide.

Les forêts du *Grand Meaulnes* et les marais de Sologne, Ravel les imaginait comme ceux de la Meuse. Il leur donnait la profondeur et les clartés glauques des Bois Bourrus, du bois de Marre, de la forêt du Haut-Juré au-dessus de Bar-le-Duc et la couleur des brumes sur les eaux calmes du fleuve débordé. L'auteur du roman, Alain-Fournier, avait été tué au début de la guerre, dans un de ces grands bois de hêtres des Hauts de Meuse. Il y gisait toujours, son corps n'avait pas été retrouvé. Ravel se disait qu'il était peut-être passé à côté au hasard de ses périples militaires. Il en éprouvait une sorte de connivence avec l'auteur. La parution du *Grand Meaulnes* trois ans auparavant ne lui avait laissé aucun souvenir. Il avait été cité pour le prix Goncourt, mais son audience immédiate n'avait pas dépassé le cercle de quelques connaisseurs. La disparition du lieutenant Henri-Alban Fournier, dit Alain-Fournier, sur les Hauts de Meuse, du côté de la Tranchée de Calonne, entre Verdun et Saint-Mihiel le 22 septembre 1914, avait jeté sur son roman un trait de sang. Ce signalement dramatique, accompagné de la formule rituelle : « Mort pour la France », avait fait revenir et monter les piles de livres du jeune écrivain sur les étals des libraires. La célébrité lui était venue avec la mort.

Alain-Fournier était mort au combat. Cela comptait pour Maurice Ravel. Il se moquait bien des coups de clairon et ne croyait pas que le sort le plus beau était de mourir pour la patrie. Mais la mort de l'artiste parmi les humbles, ce destin républicain qui avait partagé également entre le poète et les hommes qu'il commandait les mêmes épreuves et la même fin, l'avaient touché. Au triste prestige d'avoir été tué à l'ennemi s'ajoutait le mystère de la disparition. Les croupes forestières qui séparent la vallée de la Meuse de la plaine de la Woëvre, celles qu'il voyait autrefois à l'est du château des Monthairons, conservaient dans l'ombre et la pourriture des feuilles le secret de la mort d'Alain-Fournier. Nul ne l'avait revu depuis qu'il s'était enfoncé avec sa compagnie dans le bois de Saint-Rémy-la-Calonne. Il s'était fondu dans le paysage.

Ravel se demandait ce qui avait pu l'enchanter dans cette histoire d'adolescents en blouses noires, perdus dans la clairière humide et brumeuse d'un village de Sologne, entre rêves vagues, décimètres, poids et mesures, et poussière de craie. Quelque chose d'assez prenant pour faire naître en lui le désir d'illustrer cette histoire de campagnards émus par un romantisme tardif, sortis de brouillards épais, et qui disparaîtraient dans les brumes chagrinées du boulevard Saint-Germain et des quais de Seine ? Qu'est-ce qui avait pu susciter en lui l'envie de séjourner, loin des espaces ouverts et lumineux qu'il aimait, dans les pastels bruns et ocre, jaunissants, des paysages de la mémoire ? Qu'est-ce qui avait pu retenir son imagination au bord des étangs étoilés de feuilles mortes, au seuil de la forge d'un maréchal-ferrant, rougeoyant dans le soir d'automne, derrière les vitres d'une salle de classe battues par la pluie de novembre ?

Ravel ruminait, pendant les longs loisirs de l'hôpital, puis de la caserne de Châlons. Il méditait sur le talent singulier du jeune écrivain, dont la première œuvre, à elle seule, empêchait l'oubli de recouvrir les fosses communes. Son beau visage, sensuel et mélancolique, publié dans les journaux, donnait une apparence aux ensevelis du premier acte de la catastrophe. L'unique livre laissé par ce jeune homme, avant de mourir au deuxième mois de la guerre, chargeait sa mémoire d'un passé plus vaste que la poignée de péripéties d'une courte vie. Le roman parlait de lui et de ses compagnons, paysans, commerçants et artisans du Gers tombés avec lui. Ravel les voyait autour de lui. Il était parmi eux.

Comme pour *Sylvie* et *Les Filles du feu*, le désir vint au musicien de composer une œuvre inspirée du *Grand Meaulnes*. Les envoûtements du Valois de Nerval, colorés d'autres nuances, celles de l'Île-de-France, s'étaient confondus avec les mystères du pays de Sainte-Agathe où enseignait M. Seurel. Ce n'était peut-être pas le rêve lui-même qui l'avait retenu dans le roman d'Alain-Fournier, mais la pesée qu'il exerce sur le monde réel, sur la petite société du bourg, sur l'ordre sévère de l'école, sur les rituels domestiques du logis familial. Ce n'était pas l'évocation du passé, les entrelacements de l'imparfait de l'indicatif et du passé simple, qui troublaient et ouvraient l'âme du lecteur, mais la persistance, au cœur du rêve, de la réalité elle-même, des objets, du climat, des arbres, des animaux, des maisons et des êtres humains, de toutes choses durement, obstinément présentes. Le passé, dans le moment où il était évoqué dans le livre, n'était plus le passé, ni le présent, mais un état intermédiaire du monde où la musique et le livre prenaient réalité. Ravel rêva sur le motif, imagina quelque chose pour orchestre et violoncelle, un concerto peut-être. Il en fit la confidence dans des lettres à ses amis et n'alla pas plus loin. Ravel ne composa pas *Le Grand Meaulnes*. En tout cas, rien qui portât ce nom.

Au mois de novembre, l'armée l'envoya passer à Paris, en famille, son congé de convalescence. Cette année-là, la troisième de ce que l'on appelait déjà la Grande Guerre, l'entrée dans l'hiver fut précoce. L'eau, démesurément répandue sur les prairies et les labours par les inondations d'automne, avait été saisie par le gel. Derrière les vitres du train, les voyageurs suivaient du regard les bandes de corneilles qui seules bougeaient dans le paysage décoloré. Il retrouva sa mère, perdue dans son appartement de l'avenue Carnot. À soixante-seize ans, elle avait beaucoup décliné et sa santé s'était gravement altérée. Personne n'avait voulu prévenir de l'état de la pauvre femme son fils sur le front. Il la trouva assise dans le salon, en compagnie de la mort qu'elle voyait approcher. Et lui aussi la voyait sur son visage, sur ses mains, dans ses gestes lents, incertains, et dans ses mots moins dits que tombés de ses lèvres molles et blanches. C'était la fin. La promenade au parc Monceau n'était même plus mélancolique, elle n'était rien qu'un morceau poussiéreux du désert de la vie. Autrefois n'avait jamais été. Cette vague illusion qui s'éloignait avec les formes de sa mère était l'apparence du néant.

Marie Ravel, née Delouart, disparut le 5 janvier 1917. Son dernier souffle prit l'aspect d'un fantôme qui portait le nom de Maurice Ravel. Après les obsèques, dont il fut une sorte de spectateur automate, rivé à son cadet, Édouard, il resta prostré dans l'appartement familial. Il ne répondait pas aux sollicitations de ses amis, n'avait envie de rien et ne désirait voir quiconque, sauf son frère, ultime témoin de l'enfance défunte. Le devoir remit le soldat Ravel, musette au côté et casque sur la tête, dans le train de Châlons. Il faisait un froid de loup. Le long de la Marne, l'eau s'était retirée sous la glace. Sa vaste étendue gris-bleu s'était fendillée et affaissée sur les chaumes. C'était comme si le ciel d'hiver avait mué pendant la nuit et laissé sa peau morte sur la terre.

L'âme errante

Maurice Ravel était désormais seul, en tête à tête avec son enfance, au milieu de la guerre qui n'en finissait pas. Il avait glissé de la douleur à l'ennui, et, après quelques jours à Châlons-sur-Marne, dans la caserne aux embusqués, de l'ennui au désespoir. Même l'aventure de quelques missions hivernales vers le front de Champagne ne parvint pas à le distraire. Il ne voyait que la craie blême des routes, la neige sale et les pluies infinies. La saison prit son caractère, très accusé cette année-là. Le gel mordant et le vent glacé torturaient les soldats, et plus encore les équipages des véhicules. Le conducteur Ravel ne résista pas à cette dernière épreuve. Les pieds gelés, démoralisé, il fut renvoyé au dépôt de son unité, à Versailles, où il se laissa réformer à titre temporaire à la fin du rude hiver 1917.

Revenu à Paris avec le printemps, sa santé rétablie, il se remit à la composition après deux années d'interruption. À quelque fourmillement des doigts, au rythme ample et lent des battements de son cœur, par un flux de vie intérieure plus fort que le chagrin et l'épuisement du corps, il avait senti en lui une neuve fécondité sous le ciel allégé de la capitale. Contre cela les nouvelles désastreuses de l'offensive Nivelle sur le Chemin des Dames ne pouvaient rien. Mais trop de souvenirs l'engourdissaient dans l'appartement de la rue Carnot et les rues des arrondissements familiers. Son énergie tournait en rond. C'est dans ces circonstances qu'avec empressement il accepta l'invitation de Mme Fernand Dreyfus, sa marraine de guerre, mère d'un ancien élève devenu son meilleur ami, Roland-Manuel, à venir séjourner dans leur maison de campagne, à Lyons-la-Forêt. Son fils, brigadier dans une formation d'artillerie lourde, qui se remettait lentement des fatigues de ses campagnes aux Dardanelles puis en Artois, y viendrait passer le temps d'une permission.

Le 20 juin, Ravel boucla sa valise et prit le train de Rouen.

Le musicien connaissait bien la villégiature normande que les Dreyfus avaient acquise en 1910. Il y venait régulièrement passer quelques jours. Sa vive affection pour Roland-Manuel, auquel il avait autrefois donné des cours de piano et de composition, se doublait d'une amicale confiance dans sa mère. Elle admirait l'artiste et devinait combien les singularités de l'homme, sa réserve ironique, sa mesure, son apparente froideur, la puérilité de ses manies étaient la cuirasse d'un artiste exceptionnel, le mur sur lequel s'élevait une œuvre majeure. Elle en suivait, tendrement émerveillée, le sûr et puissant déploiement. Ravel lui était reconnaissant de l'avoir compris sans phrases et d'aimer sa musique sans l'assortir de commentaires. Qu'elle s'amusât par surcroît à flatter son goût pour la bonne cuisine nouait entre eux un lien d'affection simple, éloigné du climat des relations parisiennes. Pendant ses deux années aux armées, il avait reçu de nombreux colis postés depuis Lyons-la-Forêt, garnis de foie gras, de pâtés fins, d'asperges, de saumon, de bouillabaisse et de cassoulet, succulences joyeuses qu'il partageait avec de bons camarades en buvant dans le quart d'aluminium le gros rouge d'Algérie et du Languedoc fourni par l'État. Hors sa mère, Mme Dreyfus avait été sa principale et plus fidèle correspondante au front.

La maison était telle que dans son souvenir. Sa rue en pente et, plus haut, la place triangulaire, en patte-d'oie, avec ses boutiques, sa vaste halle et sa fontaine n'avaient pas changé non plus. En traversant le bourg, Ravel regardait avec amitié les braves gens qui balayaient le trottoir devant leur maison basse et ventrue ou causaient avec animation sous les antiques halles, devant l'école et la mairie. C'était la première fois qu'il voyait quelque chose qui se ressemblait en France depuis le déclenchement de la guerre. L'étroitesse de la vallée où était encaissé le village avait empêché la frénésie industrielle de s'y développer et maintenu l'activité humaine dans ses formes traditionnelles. Lyons-la-Forêt semblait oublié dans la clairière qui portait son nom. La maison des Dreyfus était comme les constructions de ce coin du Vexin normand : des murs à colombages, garnis d'un torchis crémeux, aux soubassements de pierre blond clair, parés de briques d'un rouge assourdi, polies par la pluie et le vent, et serties de gris par le passage des ans. Elle se distinguait par ses dimensions importantes et l'air de fraîche prospérité dû à une rénovation récente. Les Parisiens avaient pris l'habitude de donner un patronyme à leur maison quand l'histoire et les usages locaux n'y avaient pas pourvu. Celle-ci s'appelait « Le Fresne ». Ravel aimait ce contraste entre les vastes proportions de la propriété et la rustique et franche simplicité du mot. Tout cela avait une allure d'ordre et d'honnêteté qui le lavait des mois qu'il venait de vivre dans le tohu-bohu de la guerre. Sous les premières branches des arbres du parc, dont le flot semblait le presser contre la rue, le petit manoir normand disait le travail, le savoir-faire, le goût et le bonheur de vivre. Ici, le temps s'épaississait comme une liqueur, jusqu'à sembler ne plus couler.

À l'aube, en s'éveillant dans la chambre donnant sur le parc, celle qu'il occupait avant la guerre, il sentit ce décrassage de l'âme que la nuit dans la campagne avait opéré. Le jour bleuissait l'ombre. Le musicien sentait en lui le désir et l'ardeur du travail. Il ouvrit les rideaux et posa le papier à musique sur la petite table à écrire qu'à son habitude il avait déplacée et installée face à la fenêtre. Ses doigts faisaient glisser sur le bois lisse et nervuré les feuillets réglés, le crayon, la gomme. Il avait emporté avec lui les brouillons et esquisses d'une œuvre imaginée juste avant la guerre, glissés dans une chemise sur laquelle, avec application, il avait calligraphié un titre : *Le Tombeau de Couperin*.

Il parcourait ses notes comme un paysage ancien fixé par une mauvaise photographie. Elles avaient été écrites au Pays basque, dans la rumeur des rouleaux de l'Atlantique ; il les reprenait face à la forêt normande, à l'aube, en frottant son menton durci par la barbe naissante. Les feuillets qu'il avait sous les yeux n'étaient pas étrangers, mais lointains. Il considérait avec surprise et indulgence ce qui avait été lui-même et n'était plus, peau morte des années mortes. Ces idées étaient venues à lui il y a longtemps, mais il en avait perdu le fil. Elles n'avaient pas eu le temps de trouver les formes qui les auraient conduites à l'existence, une existence autonome, détachée du pouvoir créateur dont elles étaient issues. La force qui les avait imaginées et les aurait menées au jour était révolue, comme étaient là-bas révolues les ombrelles blanches sur les promenades de l'océan.

D'autres forces étaient là, disponibles, en lui accumulées par trois années de deuil, stimulées par les rapports du temps et des événements. La guerre avait bouleversé l'univers, elle avait tué certains de ses amis, vieilli les autres et détruit l'équilibre ancien entre lui et la société, entre lui-même et ce qu'il avait été. Il l'avait faite, cette guerre, comme tout le monde, mieux que beaucoup. Il l'avait vue de près, et la mort en même temps. Il s'était exposé et elle l'avait brûlé lui aussi. Elle avait décuplé son énergie. Les lignes sur la page bougeaient et commençaient de trouver les chemins de son âme. Une autre vie qu'il sentait circuler dans ses doigts désirait le papier et le clavier comme avant, plus doucement et plus fermement qu'avant. Il se penchait, son regard devenait fixe et sa bouche n'était plus qu'un trait sous le grand nez aquilin. Ses traits avaient la dureté de la pierre. Il travaillait et l'angoisse s'apaisait. Le papier la buvait.

Avant d'aller prendre le petit déjeuner, sa toilette faite, il enfila un costume de tweed. Cela faisait deux ans qu'il ne s'était pas habillé en civil. Le vêtement lui allait encore. Il était démodé, mais le tissu était resté beau et souple. Il en effleurait le grain soyeux, frais en surface et chaud contre sa peau. En boutonnant la veste sur le gilet croisé, il constata qu'il avait pris un peu d'épaisseur en suivant le régime cahotant des armées. Il avait irrégulièrement et mal mangé, mais beaucoup dès qu'il le pouvait. Le vin de l'ordinaire, lampé au bidon, lui avait empourpré les pommettes. Il trouva à son image dans le miroir un air de paysan normand qui le mit en joie. En entrant dans la salle à manger où versait des deux bords, par les fenêtres de la façade, la lumière de la petite place en herbe, par les fenêtres de l'arrière, celle tombée de la haute végétation du parc, il se désigna ainsi à ses hôtes, en soldat cauchois revenant de la guerre. Mme Dreyfus fut enchantée de sa belle humeur.

Il fit d'abord le tour du parc pour fumer une Gauloise, qu'il appelait son Caporal, nom du tabac distribué à la troupe, et pour saluer les arbres de sa connaissance. Le long et glacial hiver de 1917 les avait abîmés. De grosses branches, sous le poids de neiges abondantes et tenaces, s'étaient brisées et le gel avait séché quelques arbrisseaux. Oubliés du printemps, en sursis d'abattage, ils attendaient le verdict du printemps suivant. Ravel caressa leurs troncs. Après le déjeuner, le bas de ses pantalons serré dans des jambières en cuir luisantes de cirage, ses houseaux de l'artillerie qu'il avait conservés, il renoua avec le rituel de la promenade autour de Lyons. Le musicien et ses hôtes traversèrent le village en passant par la place, sous la halle, et s'engagèrent dans le chemin de côte qui conduisait d'un élan au plateau. Dans le ruban de pelouse bordant le mur du château de Croix-Mesnil, ils virent la motte fraîche d'une taupinière remuer sous le travail du petit animal, le jardinier s'en approcher avec des instruments de fer et, à genoux, creuser doucement de ses mains le léger monticule. Ravel forma un vœu en faveur de la taupe.

Derrière le château, les cloisons du bocage s'étendaient au loin, vers Rouen. Des carrés de blé et d'avoine y dessinaient des rectangles clairs sous le ciel maintenant chargé. Par endroits, le panache d'un arbre isolé se détachait sur les nuages, au- dessus du moutonnement ras des haies. Ravel humait l'odeur de campagne fraîche et humide d'un beau jour après la pluie. Les parfums venaient de toutes parts, du sous-bois qu'ils longeaient, de la pelouse du château, des champs, des branches fleuries, de la terre retournée par le jardinier. Sous les pommiers, des vaches semblaient attendre on ne savait quoi, dans la sérénité des choses éternelles. Elles avaient les contours nets des images des livres d'enfants, des emballages de tablettes de chocolat et des étiquettes de boîtes de camembert. Les plus hardies s'étaient avancées pour regarder passer la petite compagnie.

Ravel aurait pu refaire l'itinéraire les yeux fermés. Au débouché de l'allée du château, il faudrait franchir la départementale, s'engager dans la forêt, descendre dans un ravin, en remonter la pente, prendre à droite et couler par deux longs lacets vers la route de Ménesqueville et Rouen qui suit la vallée de la Lieure. Oui, c'était bien cela, comme avant, comme toujours. Le chemin s'enfonçait exactement à l'endroit connu de sa mémoire, trou noir dans l'énorme masse verte. Il ne fallait que quelques instants aux yeux pour s'adapter à la lumière glauque du sous-bois. Elle s'éclaircissait après que le chemin avait quitté le taillis broussailleux pour entrer sous la futaie. Les arbres, largement espacés, y montaient d'un jet vers le ciel qu'on apercevait haut entre les feuilles. À la base des troncs dégagés par les soins des agents des Eaux et Forêts, on voyait le départ des racines qui élargissaient leur pied avant de s'enfoncer puissamment dans le sol. Les chants des oiseaux, nettement détachés, amplifiés par le décor monumental de la hêtraie, y prenaient un accent de solennité qui imposait le silence.

À la bousculade serrée des pépiements joyeux et pressés des oiseaux du plateau, succédait le silence coupé des longs appels de ceux de la hêtraie. Leurs chants se suivaient, comme s'ils s'écoutaient les uns les autres. Ravel et ses compagnons avaient quitté le petit peuple de la campagne, foisonnant, volubile et sans façons, qui s'agitait au ras du sol et du ciel, sous la menace lentement tournoyante des buses et des éperviers, pour venir à la rencontre des desservants invisibles de la cathédrale des grands hêtres. Le merle, voyageur de province en habit noir, passait de climat en climat avec le même aplomb. Cet inlassable remueur de brindilles et feuilles mortes faisait grand bruit d'un côté, puis déboulait dans le chemin et, là, filait en précurseur devant les promeneurs, comme un chien sans laisse, droit devant lui, si bas que son vol ronflant soulevait la poussière.

Ravel reconnaissait les oiseaux. C'était les mêmes que ceux des sous-bois meusiens. Les petits chanteurs cachés jetaient au large, par à-coups, trilles et sifflements qui rebondissaient sur les troncs gris, droits et lisses des hêtres. Il les désignait à ses compagnons, en tendant le doigt dans la direction de la branche où il avait repéré le chanteur, à mesure qu'il en distinguait les sons : coucou, sittelle, pouillot, mésange, verdier, grive draine, fauvette. Il sifflait parfois et les imitait, mi-pédagogue, mi-amuseur, en faisant mine de diriger la percussion du pic-vert. Il s'efforçait d'entendre le cri mince du bouvreuil qu'il avait vu à cet endroit avant la guerre. Soudain, le trait bleu d'un geai fusait devant eux. Lancé aussitôt par le musicien, son nom suivait l'oiseau vers un chêne. Les connaissances ornithologiques de Ravel émerveillaient ses compagnons. Feignant la modestie, alors qu'il en était plus fier que de sa science musicale, il invitait à en remercier la guerre et la vie dans les bois où elle l'avait jeté. Il leur raconta que l'une des choses qui l'avaient le plus impressionné sur le front, c'est que, tant qu'il restait quelques arbres debout, les oiseaux y continuaient de chanter, même sous les bombardements les plus intenses. Les soldats pouvaient les entendre, entre deux déflagrations, donner de la voix comme si de rien n'était. Cela les soutenait mieux que l'alcool. Il n'en dit pas plus, son visage se ferma. Comme le merle avec son bec, il se mit à remuer la couche de feuilles de la pointe de son bâton, le regard fixé dessus.

Il garda le silence jusqu'au sortir de la forêt. La compagnie traversa le hameau de Villaine, une poignée de maisons modestes entourées d'un potager, de quelques arbres fruitiers et d'un poulailler. Sur le pont bas qui enjambe la Lieure, Ravel murmura qu'à la voir on concevait qu'Emma Bovary, une riveraine, ait choisi de se suicider par le poison. La petite rivière, qui filait son ruban d'eau pure entre les berges en herbe, avait juste assez d'épaisseur pour recouvrir les cailloux de son lit. Accoudé au garde-corps, le soldat regardait se dandiner à la surface de l'eau courante les reflets blancs du soleil voilé, qu'éteignait par place l'ombre d'un aulne. Le chant du coq déchira l'air. Rien n'avait changé ici, sauf lui-même.

Ravel dédia les six pièces de la *Suite française* qu'il écrivit pour le piano, à Lyons-la-Forêt, pendant cet été 1917, à autant de ses amis musiciens tués au combat, jeunes morts retenus par sa musique sur le bord de l'oubli. Il ne pensait pas, en 1914, quand il avait donné le nom *Le Tombeau de Couperin* au programme de travail qu'il venait de s'assigner, que la guerre lui donnerait trois ans après un sens aussi littéral. À la cinquième pièce, *Menuet*, Ravel associa le nom de Jean Dreyfus, beau-fils de sa marraine de guerre, qui venait d'être tué. Nul ne peut savoir comment fut reçue par ses hôtes la musique sans ombre et tendrement nostalgique qui murmure doucement au meilleur de soi-même et dit, comme toute chose belle à voir ou entendre, la force et la fragilité du bonheur d'aimer.

Réformé à titre définitif, il revint au début de l'automne 1917 à Paris, où il acheva *Le Tombeau de Couperin*. L'été passé à Lyons l'avait reposé et rassuré sur sa capacité à composer encore, mais sa santé restait inexplicablement médiocre, sujette à de brusques défaillances qui le démoralisaient un peu plus. Il traîna pendant trois ans une neurasthénie souffreteuse entre Paris, un sanatorium de Megève et de courts séjours à Lyons-la-Forêt. Il feignait la bonne humeur avec ses amis, se moquait de lui-même, comme avant-guerre, mais cela ne trompait personne. Il sortait, continuait de fréquenter les boîtes de nuit et les cafés à la mode. Il avait plaisir à y côtoyer ce qui était maintenant pour lui la jeunesse, celle des autres. La création du *Tombeau de Couperin*, le 11 avril 1919, par la pianiste Marguerite Long, femme du capitaine Joseph de Marliave, musicologue tué en 1914 et dédicataire de la sixième pièce, la *Toccata*, fut un succès. Il apporta à Ravel le bref réconfort d'une ovation de la salle Gaveau, excitant sans lendemain dans le désert de la tristesse.

C'est dans *Le Tombeau de Couperin* qu'il trouva encore une fois refuge. Au mois de juin 1919, derrière les murs de la Villa Helena qu'occupait son frère à Saint-Cloud, à l'écart des fêtes de la Victoire qui couraient les rues de la capitale, clairons et oriflammes flambant dans les beaux jours retrouvés, il remit l'œuvre sur le métier pour en réaliser une version orchestrale. Fenêtres closes, dans le silence, Ravel pavoisa sa musique aux couleurs de Paris, avec tous ses drapeaux et le ciel autour.

Il déposa dans *Le Tombeau* la joie sans la déception, l'énergie sans l'épuisement, la mélancolie sans le désespoir et la grâce de ce qui devait être et vit. Toutes les pièces qui le composent ne furent pas orchestrées. La tâche avait paru impossible au compositeur pour le *Rigaudon*. Pour la *Toccata* aussi, composition exigeante à laquelle il tenait beaucoup, où l'on entend tomber les obus. Peut-être l'avait-il réservée pour un autre usage. L'orchestration avait fait une large place aux instruments à vent. Avec le souffle humain dans les cuivres et les bois, Ravel avait libéré les accents de tonique gaieté que la version pour piano tenait en lisière. Il lui avait donné un caractère intimement français, celui d'une musique lumineuse, si brillante, si tendrement élégante, que sentir sa profondeur nécessite plus qu'une attention de l'oreille. Il faut que les souvenirs remontent et que le soleil des jardins revienne baigner le monde. Alors, par longs trilles, le hautbois, tantôt fusant, tantôt sautillant, chante l'allègre mélancolie des autrefois et le goût de bonheur qu'ils laissent au cœur. Ainsi vivons-nous heureux avec nos morts et les jours passés avec eux.

L'automne 1919, et son cortège de pluies, de jours sans ciel et de nuits sans fin, rendit Ravel à son ennui. L'orchestration miraculeuse du *Tombeau de Couperin* ne lui avait apporté qu'une courte rémission. Paris le dégoûtait, sa vie à Paris le dégoûtait. Un flot grossissant de voitures chassait les derniers chevaux de ses rues, les gens mal élevés pullulaient sur ses trottoirs et le bruit qui en montait était devenu énorme. La grande ville était enrobée d'un brouillard sonore où s'additionnaient et se mélangeaient les rugissements de milliers de moteurs. La voix humaine s'y noyait et se décourageait. Cris et paroles de Paris avaient disparu, et leur esprit avec. Eux aussi étaient morts à la guerre. L'accent des faubourgs, lourd et gras, sentant la canaillerie, le recuit et le désœuvrement, se répandait dans la ville. Avant-premières, cocktails et boîtes de nuit ne l'amusaient plus autant ; sortir l'épuisait. Même l'excitation du jazz et la conversation animée des jeunes gens jusqu'à point d'heure ne parvenaient pas à rendre légères ses soirées. Il voulait fuir.

Un soir de novembre, comme il dînait chez des amis, les Herold, et leur avouait son désarroi, son impuissance à créer dans cette ville qui ne lui ressemblait plus, leur disait son désir de solitude et d'une vie à l'écart, loin de tout, ses hôtes lui proposèrent de mettre à sa disposition une maison qu'ils possédaient dans un village de l'Ardèche, à Lapras près de Lamastre. Il en fut aussitôt décidé ainsi et, au début du mois de décembre, André Herold s'en alla chercher Ravel à Boulogne dans sa voiture. Ils tassèrent les bagages du musicien dans le coffre et sur les sièges arrière, et prirent la route du Midi. En deux journées, ils traversèrent Paris, la banlieue, puis, lancés, franchirent l'Yonne, Auxerre, la montagne de Bourgogne et Dijon, avant de longer la Saône, entre la côte vineuse et la plaine de Bresse, jusqu'à Lyon. De là, ils descendirent la vallée du Rhône. Le soleil d'hiver dorait la lourde et glissante nappe du fleuve et les pentes abruptes des vignobles de côte-rôtie, condrieu, saint-joseph et de crozes-hermitage. Ils quittèrent la grand'route à Tournon pour se faufiler par les vallées encaissées entre les monts ardéchois, gagner Lamastre et, enfin, les quelques bâtisses de pierres qui formaient Lapras. Ils s'arrêtèrent devant une maison bourgeoise, aux murs épais, grande et simple, accordée au paysage desséché par l'hiver. Ses pièces étaient froides et humides. Ravel se réchauffa en chargeant de branchages et de bûches l'âtre de la cheminée principale. La flambée du fagot illumina son visage et ses mains dans un délicieux souffle d'air chaud. L'hôte remonta de la cave une bouteille de côtes-du-rhône. Ils la burent en mangeant la soupe et les terrines de la paysanne venue mettre en ordre leur logis. Ils firent rôtir les châtaignes dans la braise et les épluchèrent en se brûlant les doigts.

André Hérold ne resta que quelques jours, le temps d'installer Ravel dans la maison familiale. Il voulait lui faire découvrir le coin, s'assurer qu'il y tiendrait le coup et profiter un peu de la présence subtile du musicien dans ces lieux familiers. Un spécialiste était venu accorder le piano qu'ils poussèrent ensemble près de la fenêtre. La chambre de Ravel avait été préparée à l'étage. Sa fenêtre s'ouvrait sur les collines du Vivarais couvertes de forêt, et sur le viaduc du chemin de fer qui enjambait le fond de la vallée. Ravel reconnut dans cet intérieur bourgeois de rude et vieille province la retraite propice à une renaissance. Il s'essaya à composer le lendemain de son arrivée, pour amorcer le flux de l'invention et fixer une discipline de travail avant d'entrer dans la solitude complète. Sa pensée et son désir s'étaient spontanément accordés au dépouillement des lieux. Il était rassuré, s'apaisait. Cela irait.

Après le départ de l'ami vers Paris, le silence s'établit entièrement dans la maison. Séances de travail, lectures, correspondance et marches dans la campagne découpèrent en séquences ordonnées les journées du musicien. La cheminée fumait, les volets s'ouvraient le matin, se fermaient le soir, la même paysanne apportait des provisions, faisait le ménage et la cuisine. Les habitants de Lapras, hameau du village de Saint-Basile, à quatre kilomètres du chef-lieu, Lamastre, savaient qu'un monsieur était installé dans la bâtisse qu'ils appelaient le château, qu'il était musicien et, bien que plus âgé, avait fait la guerre comme la plupart des hommes du pays. On lui fichait la paix. Lui s'arrêtait parfois dans sa promenade pour plaisanter avec des enfants, discuter avec le curé ou un forestier. Sa conversation, aimable, attentive à l'interlocuteur, corrigeait l'impression de hautaine froideur que donnaient son long visage, maigre et rasé, et ses lèvres serrées sur un demi-sourire. Il eut rapidement bonne réputation et son passage devant les maisons du hameau fut une distraction bienvenue dans l'immuable rythme agricole des monts d'Ardèche. Les gens le regardaient s'en aller par la campagne en tirant sur sa Gauloise, l'autre main glissée dans la poche du manteau. Ses jambières d'officier, son col relevé, la cravate de soie qu'il laissait voir dans l'échancrure du manteau, ce drôle de faste vestimentaire déployé pour les yeux de quelques paysans, et ce chapeau qu'il soulevait à leur approche, tout ce raffinement les amusait.

Dans le gris des jours, Ravel mit en chantier un projet médité depuis près de quinze ans. C'était une vision qu'il voulait traduire en musique, un souvenir lointain, d'enfance probablement, issu peut-être d'une lecture, d'une image, de ce fonds de représentations qui se mêlent, macèrent et que remuent sans cesse les affleurements de la rêverie. *Wien* était son nom depuis le début. Il entendait un air de Johann Strauss, voyait la violente lumière des lustres, le crémeux des stucs et les dorures des boiseries, des couples de danseurs. La scène se passait au milieu du XIXe siècle, au creux de l'hiver, dans un palais niché entre les montagnes, sous la neige qui tombait. Le tourbillon du passé s'accélérait, liait les couleurs qui tournaient à toute vitesse sur l'axe d'une salle de bal, jusqu'à se fondre, à la fin, dans le blanc du silence.

Il travaillait, piochait, s'échinait, sur la table, au piano, à la fenêtre dont il tapotait les carreaux en regardant le moutonnement des forêts de châtaigniers, couleur de rouille mouillée sous le ciel de cendre. Il y mettait toute son énergie et de la hargne, se maintenait sur l'ouvrage à force de volonté jusqu'à ce que l'enthousiasme de la création naisse du labeur et l'emporte. Quand il jugeait avoir suffisamment secoué le sac de songes sur le papier, avoir précisément mis en ordre ce qui lui était venu, et que l'empilement des pages noircies commençait à prendre de l'épaisseur sur le coin du bureau, il s'accordait la détente d'une promenade avant la nuit. S'il pleuvait ou neigeait, il restait morose, mais soulagé jusqu'au lendemain matin, dans le salon, à lire au creux d'un fauteuil d'où il se levait périodiquement pour allumer une cigarette et tisonner le feu dans la cheminée.

Ce morne séjour dans l'hiver du Vivarais produisait l'effet souhaité. Éloigné de toute distraction, maintenu en lui-même par le mauvais temps et l'âpreté hivernale de la campagne, il écrivait et l'œuvre avançait, prenait forme. Il éprouvait comme autrefois, avant-guerre, sa capacité à donner corps au néant des songes et faire tenir debout dans le monde réel quelque chose qui n'y était pas auparavant et allait le modifier. Il n'avait pas perdu la main, même si elle était moins légère. Effet de l'âge, de l'expérience, des épreuves, son imagination montait davantage dans les graves. La couleur du tragique, un noir profond, et celle d'une colère rageuse, le rouge, en bonnes couches, étaient fraîchement étalées sur sa palette. Pendant la promenade, il entendait ses pas sonner sur le sol gelé et les ailes des corbeaux appuyer sur l'air qui sentait la neige.

Sa retraite volontaire dans la grande maison vide, au milieu de la campagne figée dans la grisaille, se révéla un piège cruel au moment des fêtes. Le foie gras, le champagne, les vives lueurs des flambeaux et le gui qu'il avait demandé à des enfants du village de lui cueillir ne lui apportèrent aucune joie, mais appelèrent à lui les images des soirées passées avec sa mère dans la douce et enveloppante féerie des réveillons de Noël et du nouvel an, du temps de l'avenue Carnot. L'excitation et la vive lumière montée de la rue parisienne prenaient alors, dans le salon familial, le caractère d'un enchantement. Il se rappelait le sentiment si particulier éprouvé ces soirs-là : l'assurance d'être aimé absolument, définitivement. Ce sentiment, il se le rappelait, avait un reflet d'éternité. C'était autrefois. Maintenant, toutes ces choses adorées dont il se souvenait avec une précision cruelle mais qui ne reviendraient jamais plus, le torturaient. Ces figures disparues, proches à les toucher, sa mère surtout, un espoir obscur, primitif, douloureux et vain, les retenait près de lui. Il ne parvenait pas à se résigner, à les laisser s'éloigner et devenir enfin les fantômes familiers qui accompagnent affectueusement l'autre moitié de la vie. Il s'obstinait dans le froid et la tristesse. Il travaillait avec une énergie désespérée. Elle accélérait les tournoiements de la musique qu'il était en train d'écrire, jusqu'à l'exaspération, avant le démembrement et le silence. Il abandonna le titre envisagé bien avant la guerre et baptisa l'œuvre née dans l'hiver du Vivarais : *La Valse*.

C'est dans ce pays d'une vérité sévère que parvint à Ravel la nouvelle de sa nomination dans l'ordre de la Légion d'honneur. Il protesta qu'il n'avait rien sollicité et exigea d'être radié au plus tôt de la liste des promus. Il ne donna aucune explication à son refus. On la chercha partout sauf dans la seule cause qui vaille, l'orgueil d'un artiste sûr de son œuvre. Pour lui, qui était sans vanité, cette récompense épinglée sur sa musique était humiliante. Elle la lestait d'un poids terrestre et abaissait ce qu'elle prétendait élever. Si cette distinction avait de la valeur, c'est parce qu'elle était décernée dans le pays où naissait la musique de Ravel, et pas l'inverse. Quel fonctionnaire, quel politicien avaient imaginé que l'on pût le satisfaire, l'honorer par cette distinction ? Rares étaient les combattants à l'avoir reçue. Ne les connaissait-il pas, lui, ces obscurs, ne les avait-il pas transportés pendant un autre hiver, à Verdun, à force de bras, tout sanglants et gémissants ? Ravel avait été soldat avec les plus humbles et il avait fait la guerre. C'était assez. Il voulait que la société lui fiche la paix.

Le temps s'était éclairci et certaines fins d'après-midi, quand l'air était limpide, depuis le point de vue où le conduisait sa promenade quotidienne, il apercevait, haut dans le ciel, seul et gigantesque, le mont Blanc par-dessus la ligne des collines. En éclairant ses abîmes de neige, le soleil couchant dilatait la masse énorme dans un halo vaporeux aux reflets roses. Cette vision posée sur la ligne d'horizon, la terre sombre et dure d'Ardèche, ravissait Ravel, et le glaçait dans le même ébahissement.

Il avait retrouvé pleine confiance dans ses capacités de compositeur, dans la vigueur et la fécondité de sa puissance d'imagination. Il avait senti en lui remuer, comme jadis, plus profondément que jadis, un univers d'une originale et harmonieuse profusion. Mais sa vie restait incertaine, vagabonde et trop dépendante de l'hospitalité de son frère, de ses amis et de leur fortune. Qu'elle fût généreuse et bienveillante, qu'ils recherchent sa compagnie et la considèrent comme un privilège n'allégeait pas son embarras. Il en avait assez d'errer, de passer d'un endroit à un autre au gré des invitations des mécènes et de sa parentèle. Le vagabondage, croyait-il du temps de sa jeunesse, était inséparable de la condition d'artiste. Illusions et poudre aux yeux. Depuis que sa mère était morte, il n'avait plus de maison. Or, justement parce qu'il était un artiste, il lui semblait maintenant que cela lui était indispensable. Il avait besoin d'une maison à lui. Désormais seule, son âme réclamait un feu et un lieu qui lui ressemblent, un miroir sur la terre, où s'arrêter, séjourner, puis mourir et reposer.

À cette époque, il hérita d'un oncle, Édouard, le frère de son père, peintre qui avait autrefois fait son portrait enfant et celui de sa mère. Il fit savoir à son entourage qu'il cherchait à acheter une maison à la campagne, suffisamment proche de Paris pour qu'il puisse s'y rendre et revenir dans la journée, suffisamment loin pour qu'on ne l'y vienne pas déranger sans un bon motif. Il se mit en quête d'une solitude dans le monde.

Le jardin suspendu

Le 20 janvier 1921, devant Maître Heiligenstein, notaire, Maurice Ravel devenait propriétaire, au prix de vingt mille francs, d'une maison avec jardin d'agrément sise à Montfort-l'Amaury au n° 5 de la rue Saint-Laurent, de son potager orné de quatre tilleuls et du verger attenant. Il lui avait fallu une année de recherches, avec le concours de ses amis, avant que son choix ne s'arrêtât sur un petit pavillon à flanc de coteau dans ce gros bourg de l'Île-de-France. Sa position dominante et la vue qu'elle offrait sur le pays lui avaient valu le nom de « Belvédère » qu'annonçait une plaque de céramique fixée sur un pilier du portail. À quarante- cinq kilomètres de Paris, Montfort-l'Amaury, aux confins est du vieux pays d'Hurepoix, chef-lieu de canton de l'arrondissement de Rambouillet, dans le département de la Seine-et-Oise, répondait à son vœu de lointaine proximité. Lointaine, parce que pour s'y rendre, depuis Paris, il fallait prendre le train à la gare Montparnasse, descendre à la gare de Méré, village voisin, puis s'asseoir dans la diligence qui conduisait à Montfort. De la place de l'église où l'antique attelage vous avait déposé, il ne restait plus qu'à monter la côte, puis gravir le perron qui conduisait à la porte du pavillon. Proximité, parce qu'il fallait moins de deux heures pour faire le périple.

Il l'avait fait pour aller visiter la maison qu'on venait de lui signaler. Le matin de ce jour-là, après que le train avait quitté l'encaissement des voies de la gare Montparnasse, il n'avait pas détaché les yeux de la fenêtre de son compartiment. Ce furent d'abord les hautes façades des immeubles parisiens derrière lesquelles se pressait le gâteau compact de la ville. La pâte urbaine commença de s'aérer dès que les anciennes fortifications eurent été franchies, puis s'émietta à mesure que le train s'éloignait de la capitale. Les premiers détachements de la forêt apparurent sur les croupes de la vallée de Chevreuse une fois passée la Seine. Avant Versailles, leurs lisières avaient dévalé les côtes abruptes. Parfois, elles s'avançaient jusqu'à la voie et Ravel suivait alors avec plaisir les jeux de la lumière dans le rideau de feuilles que la vitesse du train étirait devant la vitre. À l'approche de Montfort-l'Amaury, les villas construites depuis une cinquantaine d'années, à mesure de la progression du chemin de fer, s'espacèrent et ce fut la campagne, la vraie campagne, le panorama des champs à perte de vue, la touche épaisse des bosquets, la légère encoche d'un clocher dans le bord du ciel. Avec ses barrières blanches, sa placette poussiéreuse ombrée de deux rangs de tilleuls, la petite gare de Montfort-l'Amaury-Méré était provinciale. La diligence attendait les voyageurs. Elle les emmena au pas du cheval jusqu'à Montfort, à deux kilomètres à peine. Là, les pavés usés, les alignements frileux des vieilles maisons de ville entre lesquelles se courbaient, comme fatiguées par le très vieux temps, des rues étroites aux trottoirs inégaux, la mince place triangulaire appuyée à la façade Renaissance de l'église, les devantures des boutiques et échoppes d'artisans qui la bordaient et conduisaient le regard et les pas vers la rue Saint-Laurent, toutes ces choses, et leur air d'ancienne parenté, achevèrent de le persuader qu'il était arrivé.

La maison était bizarrement bâtie. Posée de guingois, à flanc de coteau, elle paraissait longue et sans épaisseur, et guère haute. Maître Heiligenstein, en sortant les clés de sa sacoche, fit prendre à son client un peu de recul pour qu'il puisse embrasser du regard la façade entière. Elle s'étirait, basse et grise, sous un toit en bataille que soulevait une courte tourelle carrée. Le notaire avait eu le temps de lui exposer que cette maison, certes un peu particulière, avait été construite une quinzaine d'années auparavant pour une Parisienne qui ne l'avait guère occupée. La dame, passablement originale, y venait en villégiature, et n'y avait fait installer que les nécessités de confort indispensables à de courts séjours. On pouvait imaginer des choses, une retraite mystique, des voluptés rustiques. Maintenant, ils étaient juchés sur le perron, et tandis que Ravel se tordait le col pour regarder la marquise qui les surplombait, le notaire tourna la clé dans la serrure et s'effaça. Ouvertes, les portes de séparation intérieures ne faisaient pas obstacle au regard, mais l'attiraient vers une fenêtre où s'encadrait un paysage de champs, de forêt et de ciel, pur de toute construction récente et baigné de soleil. Sa lumière pénétrait profondément dans la pièce vide et laquait le plancher d'un long rectangle doré et vibrant. Toute l'ombre intérieure, autour, était cuivrée de ses reflets. Dans la maison déserte et résonnante, le soleil était maître et Ravel son visiteur. En cinq enjambées, le musicien eut traversé l'espace jusqu'à la porte-fenêtre. Il l'ouvrit, fit un pas sur les planches du balcon, posa les deux mains sur la balustrade de bois et regarda.

Monfort-l'Amaury couvrait tout le pied de la côte et ses abords d'une carapace de vieilles tuiles brunies, craquelée par la longue nef de l'église, les grands bâtiments d'anciennes institutions religieuses, leurs jardins et les placettes et les rues. Derrière la petite ville, les champs et les prés épousaient le doux mouvement de la pente opposée. On y distinguait quelques chevaux et des vaches et, dans un bouquet d'arbres, les formes angulaires et blanches d'un château. Au-dessus, la masse des arbres marquait d'un trait sombre la ligne du plateau. C'était le début de la forêt royale qui, sur vingt kilomètres, couvrait le sol jusqu'à Rambouillet.

Ravel avait pris sa décision. Il n'entendait plus ce que lui disait Maître Heiligenstein. Flatté de faire l'article à un client considérable, le notaire continuait malgré tout de parler. Il pourrait dire plus tard que c'est à lui que l'on devait d'avoir attaché à Montfort-l'Amaury le nom de ce citoyen illustre. Ravel visita le reste de la maison par acquit de conscience. Rien ne l'y troubla, ni l'exiguïté des pièces, ni leurs formes biscornues, ni leur répartition bizarre, ni les couloirs étroits et les escaliers abrupts, ni l'absence de chauffage central et d'eau chaude, ni les taches de moisissure sur les murs, ni le jardin en friche. La maison était à sa mesure. Elle ouvrait sur la forêt et le ciel.

Il emménagea aussitôt, en plein hiver, avec le peu de meubles qu'il possédait. Il avait acheté un lit pour compléter quelques acquisitions d'avant-guerre, pièces de mobilier ancien qui l'avaient séduit en passant devant une boutique d'antiquaire, au hasard de ses déambulations parisiennes. Le reste lui venait de l'héritage de ses parents partagé avec son frère. Ce peu suffisait à remplir les pièces minuscules où il avait commencé de vivre. La vente conclue, il avait été impatient de se réveiller chez lui, de voir sourdre derrière les volets la clarté de l'aube et de se dire, en regardant autour de lui les formes inconnues se dégager de l'ombre, en sentant la densité et l'odeur inhabituelles de la pièce où son lit était dressé, où il venait de dormir et rêver, que c'était sa chambre, que c'était sa maison et que son séjour dans ces murs nouveaux ne finirait ni avec l'été, ni avec l'année, mais quand il le déciderait. Et il souhaitait, et il voulait que ce soit pour la vie et que plus jamais il ne se désirât ailleurs. Il se leva, s'étira, ouvrit ses volets, les fixa contre le mur et accueillit chez lui le soleil du matin.

Le jardin avait la forme d'un triangle isocèle. Sa base était le mur de la maison et sa pointe, en s'abaissant, désignait l'église Saint-Pierre. Aménagé en terrasse, il surplombait les deux chemins, coupés de marches, qui dévalaient de part et d'autre. Longtemps négligées mais exposées toute la journée à la lumière de l'Île-de-France et à ses pluies, les plantes les plus vigoureuses y avaient pris leurs aises et disaient leur bien-être par une floraison surabondante. Les massifs de pivoines s'étaient largement épanouis. Les grosses fleurs pourpres, têtes penchées sur leurs feuilles écarquillées, mêlaient leur respiration parfumée à celle d'un rosier grimpant. Le lilas, que la précédente propriétaire avait sans doute planté sitôt la maison construite, étalait largement une ramure fournie où séchaient les grappes de fleurs mauves. Il embaumait ses stations sur le balcon. Il était le tortueux sorcier qui enveloppait le musicien d'un charme, tandis que Maître Heiligenstein suggérait d'un air entendu à ses relations, au maire et au curé, que Ravel à Montfort-l'Amaury, c'était grâce à lui. Le musicien décida de conserver le lilas dans le jardin dont il commençait d'imaginer la forme et les jaillissements futurs. Depuis la terrasse, par-dessus le verdoyant désordre dévoré par le lierre et le liseron, Ravel continuait de voir la ville dormant dans l'évasement de ses collines. Le balcon lui avait donné l'impression de survoler le paysage ; dans le jardin suspendu, il nageait à la surface du monde.

Le monde, c'était Montfort-l'Amaury. Le XIXe siècle prolongeait son rythme, ses usages et ses formes dans ces vieilles rues penchées, qui tournaient sournoisement et vous désorientaient avec art. Entre leurs murs couverts d'une crasse vénérable, recuite par le soleil et la pluie, ce somptueux crépi du temps, les jours allaient plus lentement et se retournaient souvent. La longue église, massive entre ses contreforts osseux, baleine décharnée après l'échouage, était éclairée de grands vitraux bleus. La lumière traversait des scènes mystérieuses où elle prenait ses couleurs. Autour, les boutiques aux façades peintes, le Grand Café sur la place et les petits bistrots, les grilles de la boucherie, les trois marches au seuil de la boulangerie, la librairie et les échoppes d'artisans faisaient la ronde. Ces stations mercantiles découpaient en pointillés une vie provinciale si tranquille, si prévisible qu'elle paraissait éternelle. Au soir, les vitrines s'éclairaient et les lampes passaient devant les fenêtres. Elles étaient les vitraux de la nuit.

Les séductions du Belvédère et de son jardin avaient emporté la décision de Ravel. Elle avait été favorisée par le charme de la petite ville. C'est en elle maintenant qu'il se perdait avec une curiosité avide, surpris de la voir si étendue, si riche de voies ombreuses, de grandes maisons mystérieuses, dont l'élégante simplicité et l'austérité feinte étaient corrigées, çà et là, par une échauguette, une tourelle, une porte sculptée, une grille ouvragée, un balcon ou une véranda. Souvent, par-dessus un haut mur passait, tonique et tendre encore dans son panache de printemps, le feuillage d'un arbre. Les fenêtres des maisons étaient masquées par des voilages soigneusement brodés, un coin soulevé pour laisser couler le regard de l'occupant vers la rue. Un chat se tenait assis sur l'appui, derrière la vitre. Dans cette fente d'ombre, l'animal restait coi, les chaussons des pattes sagement joints, rengorgé dans son jabot de fourrure, indifférent ou dédaigneux. On l'aurait cru empaillé, jusqu'à ce que fuse l'éclair jaune ou vert des yeux au passage d'un oiseau. Quand apparaissait Ravel, il rétrécissait les paupières et, l'air digne et buté, se resserrait encore dans son pelage qu'un frisson de volupté parcourait comme une onde. Du doigt, le musicien effleurait le carreau, et le chat lançait la patte.

Passants et commerçants étaient bienveillants dès le premier contact. Ils n'étaient pas plus bavards qu'il ne fallait, observant sans effort un agréable équilibre entre discrétion et curiosité qui lui rappelaient les gens de son

Pays basque. Ravel avait acheté du tabac au café, et les regards lui avaient semblé sans hostilité, et même cordiaux. La nouveauté d'un visage y paraissait bienvenue. Le brouhaha des conversations, qui emplissait la salle autant que la fumée des pipes et des cigarettes, ne s'était pas interrompu à son entrée et l'avait aussitôt enveloppé de sa chaude rumeur d'humanité. Il y mêla la fumée de sa Gauloise dès qu'il fut assis et commanda un verre de vin blanc.

Avec le bonheur du propriétaire lui étaient tombés dessus les tracas domestiques. La bonne qu'il avait embauchée à son arrivée, sans trop y regarder parce que la pauvre femme était tchèque, n'avait pas tardé à le tourmenter. Elle le plaqua dans le courant de l'été pour reprendre sa dérive dans les bistrots de la ville. Ravel fut soulagé de ne pas avoir à la renvoyer et se débrouilla. Il cuisinait sur un coin du fourneau, ce qu'il aimait bien, surtout quand roussissait dans la cocotte un chou de son potager. Une femme du voisinage était chargée du ménage et s'occupait des nécessités. Mais, de temps en temps, il faisait ses courses lui-même, pour le plaisir de descendre en ville le cabas à la main, prendre son tour dans une file d'attente, écouter les gens et échanger quelques mots avec la boulangère et le boucher. Il terminait par un passage au café.

Dès son emménagement, il avait commencé de dresser les plans des améliorations et agrandissements qui apporteraient un surcroît d'agrément à sa maison. Son logis ne comportait que quatre pièces. Il lui en donna huit en déplaçant des cloisons, et en l'augmentant d'une aile. Chaque pièce ayant une fonction propre, adaptée à une phase de son emploi du temps, le petit déjeuner, la toilette, le travail, le déjeuner, la lecture, le travail de nouveau, le retour de la promenade, le thé, le jardinage, le dîner, le coucher ; le Belvédère était devenu le palais rêvé où voyageait sa journée.

Dessiner les plans, suivre les travaux du maçon, du menuisier et du peintre, cela l'avait amusé. Mais la plomberie, l'électricité, le téléphone, les tuyaux, les fils, la mise en place de toute cette boyauterie l'assommait. Il différa les percements, le bruit et la poussière. Il eut froid dès le mois d'octobre, quand le soleil ne sécha plus les pluies sur la campagne. Il connut l'agrément du feu de bois dans le salon, la servitude du fourneau affamé de seaux de charbon à hisser de la cave, le charme ambré des bougies, les cires qui coulent et tachent, les flammes qui tremblent dans les courants d'air, les cheminées qui tirent mal, fument comme des gendarmes et donnent aux murs moites et glacés l'odeur des siècles. Il se lassa de cette poésie du feu, toussotante et larmoyante, riche en engelures et brûlures. Dès qu'il l'avait pu, il avait prolongé la maison afin d'y loger le petit escalier extérieur qu'il fallait emprunter pour regagner la chambre, en rez-de-jardin. Au moins ne fut-il plus obligé de descendre dans la nuit glacée et humide avant de se glisser entre des draps que son corps mettait longtemps à réchauffer. Cela lui rappelait la guerre, pensée qui le faisait sourire dans son lit, et soudain éclater de rire.

Le chantier allait toujours de travers. Il aurait voulu que les artisans et les ouvriers soient comme des musiciens d'orchestre, précis et attentifs aux plans qu'il leur avait donnés. Ils étaient comme le temps, capricieux, bavards et rarement au rendez-vous. Il avait hâte qu'ils fassent ce que lui ne savait pas faire, qu'ils lui livrent la maison telle qu'il l'avait rêvée, puis dessinée. Il s'occuperait du reste. Le reste l'amusait beaucoup. Il s'était chargé de la décoration des murs et des boiseries. Il avait commencé à reproduire au pochoir et au pinceau des motifs de couleur sur certains de ses meubles et sur le papier peint. Il s'agissait des décors des livres de son enfance, les ornements et symboles de la mythologie grecque, stylisés dans le goût moderne. Ils rappelaient le pays universel, un état passé du monde, nourri par la lumière du jour et les pluies de la nuit, où le matin était le son de la flûte et la mer un soleil répandu. Ils suggéraient une harmonie entre l'homme et le monde, l'accord des contraires et la perfection des lignes.

La menuiserie était le métier qu'il préférait. Il aimait parler avec l'artisan et son ouvrier. Il admirait dans son savoir-faire une autorité, une délicatesse, une élégance accordées à la noblesse du matériau. Ravel aimait voir les rudes mains saisir le bois, manipuler et faire glisser les planches entre leurs paumes, d'un geste précis comme une caresse. Le grain du bois, son fil, les mots de la profession l'enchantaient tandis qu'il regardait sous les doigts de l'artisan les nœuds et nervures que le temps y avait dessinés, que la scie avait révélés et que le passage du rabot avait rendus plus lisses, plus doux qu'une joue de fille. L'ajustement des étagères, l'enchâssement des vitres dans les fins montants des placards, le cintrage d'une porte dérobée, les fines cannelures par lesquelles le ciseau et la gouge marquaient un rondin ou une planche du charme du passé, tout cela le ravissait. Il avait demandé au menuisier de restaurer une étroite porte dérobée qui, en traversant ce qui ne paraissait qu'une vitrine du salon, permettait d'accéder à un cagibi obscur, merveilleuse cachette d'enfant.

Il arrivait au musicien d'aller jusqu'à la menuiserie pour passer commande. Il humait l'odeur de la sciure fraîche, se grisait de la chanson de la scie qui variait ses stridences selon la densité et la résistance du bois coupé, et écoutait la voix calme, économe de mots, de l'artisan. Ravel remontait au Belvédère en rêvant des décors où il rangerait, disposerait et proposerait au regard les menus objets dont il faisait collection, qu'il continuait d'acheter au hasard de ses randonnées dans Paris et de ses voyages, ou que ses amis lui offraient. Il en avait beaucoup et de toutes sortes : des jeux d'enfants sertis dans de petites boîtes aux vives couleurs, des figurines désuètes ou grotesques, des porcelaines naïves, des miniatures de meubles, de bateaux, de maisons, toutes choses inutiles entre lesquelles glissait en se déhanchant le train électrique de sa mémoire.

À la meilleure place, aisément accessible, il posa un de ses objets préférés, un oiseau automate juché sur une boîte à musique en métal doré. Une pression du doigt libérait le mécanisme, le pinson de fer tournait la tête, battait des ailes, entrouvrait le bec et le chant s'élevait, pur et joyeux. À l'oreille, le frottement délicat de ses pièces n'était pas moins charmant que le pépiement flûté de l'automate. Le cliquetis des minuscules articulations disait modestement le génie de son créateur, l'humble précision d'un savoir-faire qui, en toute chose humaine, est le secret de la poésie.

À la fin de l'été 1922, il s'enfuit à Lyons-la-Forêt pour échapper à l'inconfort des travaux en cours et au cafard augmenté par le mauvais temps. C'est pendant ce séjour qu'il orchestra, entre deux promenades dans la hêtraie normande, les *Tableaux d'une exposition* de Modeste Moussorgsky. Quand il eut terminé la commande, le Belvédère lui manqua. Ravel y était maintenant profondément attaché. Il sentait comme une part de lui-même les ruines du château médiéval situées derrière sa maison et la manière dont les feux rasants de l'aurore et du couchant enflammaient les chicots de pierre. Le surplomb de sa bicoque sur les toits de Montfort-l'Amaury y gagnait quelque chose de seigneurial. Quand Ravel parcourait l'étendue du paysage découpée par ses fenêtres, l'état de propriétaire qui lui causait tant de tracas se diluait dans une jouissance pure. Il contemplait, jusqu'au bord des forêts, son royaume sous le ciel.

Il y avait rapidement pris ses habitudes et s'abandonnait, sans autre effort que la peine du travail, à la routine d'une existence propice à son apprivoisement. Même si toutes les rues de Montfort débouchaient sur la campagne, le chef-lieu de canton jouait à la ville. On y trouvait les commodités de la vie quotidienne, simples et suffisantes. La mode de Paris arrivait tardivement et comme assourdie, sans rupture brutale, de sorte que la tradition n'était que l'usage d'hier. Cette réduction de la vie urbaine au nécessaire, mais à tout le nécessaire, accordait le bourg à la miniature qu'il embrassait de chez lui.

En fin d'après-midi, s'il était content de sa journée de travail, il descendait au café qui donnait sur la place de l'église. Il s'asseyait à sa table préférée d'où il pouvait voir les allées et venues des ménagères d'un commerce à l'autre, et commandait un vermouth cassis. Les bruits de la conversation, les tintements de la vaisselle et de la monnaie, lui étaient alors presque aussi agréables que de la musique. À bonne distance, mais tout près, devant le verre que venait de lui servir le patron avec un mot d'habitué, il entendait l'humaine rumeur du monde, il sentait, dans le foisonnement de la vie, l'ordre supérieur des choses. Il en faisait partie. Puis, comme le nageur, après l'avoir longtemps regardée depuis la plage, retourne à la mer, Ravel quittait sa chaise et retournait à la rue. Saluant des connaissances au passage, il allait à la librairie de la rue de Paris feuilleter les nouveautés et parler de littérature et des menus événements de la vie locale avec la commerçante. Elle lui signalait les livres d'un genre nouveau, ceux des surréalistes dont les audaces l'amusaient. Quand les boutiquiers tiraient leur rideau de fer, et que le soir descendait avec eux, Ravel allait à deux pas de là, avec l'assurance tranquille des célibataires de bonne compagnie, sonner à la porte d'un vieil ami qui le gardait à dîner. Avant de regagner son pigeonnier, sur le trottoir, il scrutait le ciel nocturne pour y deviner le temps du lendemain, puis il allumait une cigarette et la fumait en remontant les rues de la ville endormie.

Lorsqu'il butait sur une difficulté dans la composition en cours, il interrompait le travail et partait faire un tour en forêt. Rien ne résistait à la distraction de l'esprit et à l'échauffement du corps. Quelques minutes de marche rapide pour sortir de Montfort, puis de flâneries sur un chemin forestier, sans penser à rien, dénouaient tous les problèmes. Il ne manquait pas d'itinéraires autour du Belvédère. Au nord, après avoir gagné la butte du château, traversé les ruines, il entrait dans le bois de la Mare Chantreuil. Au sud, quand il avait devant lui plus d'une heure de liberté, cravaté, fumant, les mains dans les poches d'un complet veston bien coupé et strictement boutonné, il longeait les dernières maisons de Montfort et s'engageait par le bois des Longues Mares dans le profond massif de Rambouillet.

La grande forêt domaniale le fascinait. Il en recevait l'appel depuis ses fenêtres, sondait la sombre épaisseur de ses lisières et y devinait la houle du vent. Son imagination la pénétrait, en parcourait la surface immobile, et sous la canopée devinait la vie profuse, incessante, parcourue d'amples mouvements sous-marins. Il n'aurait su dire ce qui lui plaisait le plus là-bas : les chants des oiseaux, les frôlements des animaux invisibles, les traces puissantes des sangliers dans la boue noire du terreau, la silhouette furtive d'un chevreuil s'évanouissant dans un fourré, les colonies d'insectes qui cheminaient obstinément en travers d'un chemin, les reflets des arbres dans les flaques après la pluie, comme des vitraux couchés, la lumière et le ciel entre les feuilles. Il admirait les forestiers de l'État qui s'occupaient du domaine et ouvraient entre les arbres les chemins du jour. Ces vastes colonnades aérées, les pieds dans le vert tendre des fougères, étaient leur jardin de famille. Génération après génération, les hommes entretenaient les accès de la lumière entre les arbres. Ravel n'aimait pas les amas de bois pourrissant, les troncs abattus par un coup de vent et qui, à demi chus, retenus par leur membrure, se décomposaient sous le lierre et les ligneuses. Il n'aimait pas les feuilles tombées, leurs épaisseurs assombries, tassées par la pluie, d'où montait une odeur de pourriture. Il n'aimait pas dans l'automne ce qui sentait le déclin de l'année, le froid de l'hiver, et dans la vie ce qui annonçait la mort. Il savait pourtant que le passage des saisons est le vrai jardinier du monde.

L'exubérance disciplinée de la forêt, sa vitalité contenue à force d'homme et sa calme puissance l'impressionnaient. Entre Montfort et Rambouillet, la nappe d'émeraude tendue sur la terre était sans monotonie. Elle était trouée d'étangs, vastes clairières liquides serrées de riches frondaisons, soudain démasquées au détour d'un sentier. Elle était fendue là où le plateau nourricier était coupé de ravins, effondrée par endroits en profondes dépressions dans lesquelles stagnait l'œil d'une eau brune. Sur les bords des mares, on distinguait au matin les empreintes des animaux venus boire pendant la nuit. Là où la couche sablonneuse et les rochers lavés de l'ancienne mer affleuraient, les fûts d'un bois de pins élançaient d'un jet leur panache gris-bleu vers de larges morceaux de ciel. Le sable jaune pâle, les aiguilles et les pommes de pin, et l'océan des arbres, quelque chose de l'immémorial passé maritime de la contrée était resté apparent à la surface de la terre. Ravel regardait les traces de ses souliers s'imprimer dans le sable mouillé, un après-midi d'hiver, à huit cents kilomètres des anses de Biarritz.

Régulièrement, il se rendait à Paris voir des amis ou son éditeur. Il y restait souvent le soir pour assister à un concert, essayer le nouveau menu d'un restaurant et finir la soirée dans une boîte à la mode, au Bœuf sur le toit ou au Grand Écart, avant de rentrer à l'hôtel, chez son frère ou chez les proches qui l'hébergeaient. Il n'y loupait jamais un 14 Juillet, même s'il fallait pour cela remonter par le train de nuit de Saint-Jean-de-Luz. Il se rendait avec quelques amis dans les quartiers populaires, au seuil des casernes de pompiers, et là, assis à une terrasse de café, écoutait les petits orchestres et les accordéonistes jouer les airs qui faisaient tourner les couples. Le mouvement, les lampions, les petits drapeaux, les couleurs des jupes légères, les bouquets de fleurs que la fraîcheur de la nuit ravivait, tout lui était enchantement qu'un léger sourire et ses yeux brillants laissaient à peine deviner. Son âme dansait. Quelques jours d'agitation bohème, comme autrefois, et, défatigué de l'ennui, il rentrait retrouver sa solitude et ses bois. Pour mieux s'en plaindre quelques jours plus tard.

De plus en plus de gens faisaient le voyage pour le rencontrer ou au moins l'apercevoir : des admirateurs, qu'il s'efforçait de décourager, des journalistes, qu'il recevait avec parcimonie, rarement chez lui, plutôt au café. Sa célébrité était mondiale. Il lui fallait s'en défendre, défendre son temps et sa liberté, le temps et la liberté de composer et de rêver, le temps et la liberté de ne rien faire, sauf quelques pas dans le jardin pour respirer les roses et couper les fleurs fanées. Il travaillait bien, à bon rythme. Le demi-queue mis à disposition par la maison Érard, à laquelle, comme en amitié, il était fidèle, remplissait la petite pièce réservée aux tâches d'écriture et de composition. Il y avait aussi logé une minuscule table, des étagères pour ses bibelots fétiches – des ramasse-poussière, disait une ancienne bonne – et, accrochés aux murs, le portrait de sa mère, celui de son frère et le sien peints par son oncle paternel. Assis au piano, il tournait le dos à la fenêtre qui éclairait le clavier, mais en faisant pivoter légèrement le tabouret, il pouvait à volonté voir les toits de Montfort-l'Amaury, le corps de l'église couché sur le village, les prairies et la forêt. Un instant de lassitude, une hésitation, un blanc, et il rechargeait son esprit et son courage aux couleurs du paysage. Il n'avait plus besoin de le regarder, il l'avait sous les doigts. Il faisait résonner l'instrument jusque tard dans la nuit. Les escargots, en grignotant les salades, entendaient les notes de *L'Enfant et les sortilèges* passer les minces vitres de la fenêtre éclairée et tomber dans le jardin. Les voisins n'étaient guère loin, mais ne s'en plaignaient pas. Ils aimaient bien ce célibataire excentrique qui, étroitement cravaté ou sanglé dans une veste d'intérieur en soie, la cigarette à la main, les saluait depuis son balcon comme depuis le pont d'un transatlantique.

L'achèvement des travaux au Belvédère, l'installation à demeure, dans la villa agrandie, d'une gouvernante, Mme Reveleau, efficace et discrète Montfortaise d'origine bretonne, très attachée à son singulier patron, et les rentrées d'argent que procurait une œuvre partout jouée, lui avaient apporté une certaine tranquillité et l'indépendance matérielle. Ravel avait trouvé l'équilibre domestique propice à un travail régulier. Il avait constamment une composition en chantier, et souvent deux qu'il enchaînait ou conduisait de front. Il travaillait toujours aussi lentement, attentif à tirer de lui-même tout ce que le motif de l'œuvre en cours était susceptible d'éveiller. De la naissance de l'idée à sa réalisation, il continuait de s'écouler des mois, parfois des années. La lente incubation durait jusqu'à ce que langage intérieur ait pris forme, jusqu'à ce que, le langage ayant dévoré l'idée, l'inconnu apparaisse. Il avait son visage, et le nôtre.

Ses marches en forêt de Rambouillet, la force des racines que chaque jour passé à Montfort enfonçait un peu plus dans le terreau local, n'avaient pas altéré son goût des voyages. Elles en avaient augmenté les charmes par le désir et la joie du retour à la maison. Ravel était réclamé dans toutes les capitales d'Europe. Dans le grenier du Belvédère, sous la voilure des tuiles que rissolaient les rayons du soleil, le nombre des malles et leur volume grandissaient. Elles se couvraient d'étiquettes : Bruxelles, Amsterdam, Londres, Édimbourg, Madrid, Venise, Milan, Oslo, Copenhague,

Liège, Budapest, Bucarest, au fur et à mesure des lieux où le nom de Maurice Ravel remplissait les salles de concert. La sûreté du refuge que lui avait apportée la propriété d'un logis à distance de Paris et la liberté de mouvement que lui donnait l'argent ouvraient enfin au musicien une vie à son goût. Il pouvait désormais, à l'orée de la cinquantaine, aller sans gêne et sans contrainte où il voulait, là où il pouvait voir sans être vu. Il s'accoudait ainsi au train de la vie et regardait le paysage changeant et ravissant qu'elle proposait à un regard amoureux.

Ravel continuait de descendre à Saint-Jean-de-Luz au moment des vacances d'été. Basque le plus célèbre dans le monde, il était là-bas reçu comme un prince, c'est-à-dire l'enfant du pays. Le 24 août 1930, la rue du Quai, au bord de la Nivelle à Ciboure, où il était né, fut débaptisée par la municipalité qui lui donna le nom de Maurice Ravel. Il assista à l'inauguration en rougissant car, cette fois, l'hommage officiel le comblait. Aucune distinction, aucun honneur ne pouvaient lui causer plus de plaisir, à lui, demi-sang grandi à Paris, que cette reconnaissance d'un lien de fraternité avec les pêcheurs d'Hendaye et les joueurs de pelote de Ciboure. Il bafouilla quelques mots de remerciement. Il y eut ensuite, près de l'église où il avait été baptisé, un concours de pelote à l'issue duquel le musicien se fit prendre en photo avec les joueurs. Il était comme eux : fier et tranquille. On donna, dans ces jours de fête au pays, un concert de ses œuvres. Une bande de jeunes farceurs du quartier, traînant une charrette sur laquelle ils avaient juché un fauteuil Louis XIV, allèrent chercher le musicien chez lui. Il sortit à leur rencontre et, à peine surpris, sans se faire prier, monta sur l'attelage de carnaval. Ses pages, criant et chantant, l'emmenèrent ainsi à travers les rues de Saint-Jean-de-Luz jusqu'à la salle de concert où l'attendaient officiels et amis. Chaque jour, comme du temps de la jeunesse, il se baignait le matin, se laissait drosser par les rouleaux de l'Atlantique, puis, l'après-midi, allait le contempler depuis les hauteurs. Il y restait longtemps, à suivre sur la surface brillante et changeante de l'océan, veinée des bleus profonds des courants, les lentes voiles blanches que tendait le vent.

Sa maison de Montfort l'avait protégé, comme il le souhaitait, de l'effervescence et de la dispersion parisiennes. Elle n'avait pas distendu ses attachements, mais leur avait donné un lieu où se prolonger et se renouveler en changeant de décor et d'habitudes. Les amis venaient le voir de Paris, en train ou en voiture, et passaient avec lui la journée à la campagne. Souverain dans son royaume, il recevait. Depuis qu'il était à Montfort, la visite à Ravel était une des figures de l'amitié les plus recherchées. On allait ensemble déjeuner au bistro du village ou pique-niquer dans les alentours, avant le rituel de la promenade en forêt. Il faisait d'abord les honneurs de sa maison et ses hôtes avaient le sentiment, tandis qu'il leur montrait la vue, les tableaux et gravures nouvellement accrochés, les menus objets, tendres et poétiques, dénichés depuis la dernière visite, d'être mieux aimés. En faisant jaillir de la boîte à malice le diable caché, et en ajoutant sa joie à la surprise de ses invités, il leur donnait son rire d'enfant heureux.

Après son retour d'une longue tournée aux États-Unis, au mois de juin 1928, il avait organisé un grand déjeuner chez lui, sur l'étroite terrasse en gravier qui conduisait du seuil de la maison au jardin, pour célébrer ses retrouvailles avec une quarantaine d'amis. Le ciel était à l'orage, mais des tréteaux et des planches avaient quand même été installés dehors et habillés de nappes blanches. Mme Reveleau avait dressé la belle vaisselle du célibataire. Une proche s'était chargée de commander les plats, le musicien avait fourni les légumes de son potager, les cocktails, les vins et les alcools. On banqueta ainsi dans la lumière blanche filtrée par les nuages, sur le qui-vive, prêt à attraper son assiette, son verre et ses couverts pour se réfugier sous le balcon. L'humeur des convives jouait sur le damier du ciel, entre les éclaircies, entre le gris et le blond. Leur gaieté semblait augmentée par les frissons de l'air aux approches de l'orage, et l'on s'interpellait joyeusement, le verre à la main, d'une table à l'autre. Les hommes, le teint rouge, le visage luisant, les yeux brillants, avaient tombé la veste, ôté la cravate et déboutonné le col, les femmes s'éventaient avec le menu. C'est au dessert, salué par les détonations des bouteilles de champagne, que fut dévoilé le buste du compositeur. Il avait le profil d'un oiseau. Les convives applaudirent le sculpteur. On trouva le nez un peu exagéré. Après les discours embrouillés, le café et les alcools, l'assemblée s'éparpilla. Ravel, avec un groupe d'intimes, s'en alla faire un tour en forêt pour se remettre l'estomac et l'esprit d'aplomb, avant de partir à Versailles dîner, puis s'étourdir dans une boîte de jazz. Depuis la terrasse, la tête de bronze au grand nez acéré scrutait la nuit.

Dès que la maison fut suffisamment aménagée, des formes silencieuses la hantèrent. Deux chats siamois partageaient la vie de Maurice Ravel. Leurs yeux bleus, les ondoiements de leurs fourrures, leurs miaulements étranglés et leur ronronnement rugueux rendaient le musicien disponible à tous leurs caprices. Il aimait depuis toujours ces animaux merveilleux, mais sa vie à demi errante ne lui avait jusqu'alors pas permis d'en adopter. Il dormait avec eux, évidemment, puisqu'ils lui avaient vite fait comprendre qu'ils ne voyaient pas les choses autrement. Parfois, Ravel se réveillait avec une crampe dans le dos parce que la pression douce, mais obstinée, de l'un d'eux lui avait fait prendre dans le sommeil une position incommode.

Ils étaient ses compagnons de chaque instant. Attentifs et indifférents, dissipés et tendres, les siamois vaquaient dans la maison. Ne leur étaient interdites, à regret, que les pièces où ils ne pouvaient résister au plaisir d'user leurs griffes sur les tapis et les sièges, grimper aux rideaux ou sauter sur les étagères pour voir de plus haut leur domaine. Pourtant, quand ils avaient échappé à la vigilance de Mme Reveleau et que Ravel les retrouvait lovés dans un fauteuil ou assis sur une commode, entre deux bibelots renversés, à leur regard de défi amoureux et vaguement inquiet, il répondait par une caresse et quelques protestations gâteuses. Il leur parlait dès qu'ils apparaissaient. Un grattouillis sur le crâne, un autre sous le menton et sous les oreilles, un grognement affectueux au passage, une conversation plus longue s'ils lui avaient manqué. La présence d'un tiers ne retenait pas le musicien de se lancer dans de longues « minouderies ». Les mots d'adoration se perdaient dans une sorte de roucoulement aux finales chuintantes qu'il soulignait de mimiques, le visage tendu vers le petit animal, la bouche en cul-de-poule et les yeux étrécis, comme ceux du félin. Celui-ci, fier et digne, consentait à ronronner. Il adorait les voir le derrière posé sur le rebord de la terrasse, le dos tourné, arrondi, la queue soigneusement enroulée sur le bout des pattes, humant des odeurs et guettant des mouvements et des bruits perceptibles d'eux seuls. Toute la vie du jardin montait vers eux, dieux sages.

Le lendemain, les chats se levaient avec lui et, après qu'il avait ouvert la fenêtre, sautaient sur l'appui, regardaient un instant le monde frais du jour naissant, avant de glisser le long du mur, de se couler entre deux massifs et disparaître. Ravel, quand il faisait beau, les suivait, jaloux de ne pas sentir autant qu'eux, dans toutes ses nuances, la neuve apparence des choses. Il regardait son jardin brillant dans la lumière limpide, les toits veloutés de Montfort, les vergers et les champs attendris par la nuit passée, puis, posée sur l'horizon, la forêt de Rambouillet. Tout le paysage était humain ; église, bourg, clochers, fermes, château, vergers, haies, prairies, forêt, façonnés à mains d'hommes, avaient entre leurs lignes de secrètes correspondances. Le ciel d'Île-de-France lui-même était humain. S'il y avait dans l'azur de ces traces roses, n'était-ce pas pour que, dessous, les gens les aperçoivent et s'en enchantent dans une langue faite pour les dire ? Dans une mystérieuse décantation des temps, une civilisation aux bords indiscernables, en évoluant sans ruptures, lui avait livré, parce qu'il habitait cette maison à flanc de coteau, l'ordre vivant d'un morceau de l'univers. Il admirait sa paisible beauté. Elle était la mesure d'hommes liés entre eux par le pacte des siècles. Il le continuait, lui, le musicien, à sa place, à cet instant et quand il serait mort. Au soir d'une journée de travail, de bon travail, ce qui en lui, dans une quête anxieuse et sans fin, aspirait à l'harmonie, s'apaisait. Il n'y avait plus, alors, que le silence traversé des trilles du merle. Il devinait l'oiseau, haut derrière lui, roi du monde en jaquette noire, œil d'or, petit bec et grande gueule, perché sur le bord d'un tuyau de cheminée. Ravel s'asseyait dans un fauteuil d'osier, tirait son paquet de Gauloises de sa poche, fichait une cigarette entre ses lèvres minces et l'allumait. Il la fumait à grands traits calmes et profonds, et regardait le chat de tout son long aplati sur la pierre encore chaude d'une journée de soleil.

D'après ses amis portés sur les symboles et leur interprétation, la vue sur la grande forêt lui rappelait l'Atlantique, celui de la côte basque, le pays de ses vacances, le pays de sa mère. Quand on lui disait cela, Ravel souriait, sans confirmer ou démentir. Au bout du

Hurepoix, accoudé à la balustrade du balcon du Belvédère, voir l'océan ? La forêt, telle qu'elle était sous ses yeux, cela suffisait bien. Il était réel et présent, ce peuple de feuilles, ces milliards de reflets verts qui boivent le soleil et qui sont ensemble une houle, la grande houle terrestre, sensible au vent et à la pluie, comme la peau de l'océan. Peut-être revoyait-il, devant la masse des arbres de son horizon, les forêts meusiennes où il avait été soldat, celles de l'Argonne et du Barrois, les Bois Bourrus près de Verdun, et le chevelu des Hauts de Meuse, la Tranchée de Calonne et le bois de Saint-Rémy où avait disparu Alain-Fournier. Lorsqu'il avait fini sa vie au pied d'un grand hêtre, meurtri lui aussi en plein corps par la mitraille, le jeune lieutenant qui n'écrirait que *Le Grand Meaulnes* avait, comme les autres, appelé sa mère. Ravel avait entendu cela, il avait vu cela au milieu des forêts meusiennes. Il avait entendu les plaintes des blessés et les hurlements des arbres abattus par les obus. Dans son grenier, posé sur un fauteuil cassé, il conservait le casque laissé par l'État à chaque soldat après la démobilisation. Il revoyait, chaque fois qu'il allait remiser là-haut une liasse de manuscrits, son bleu éteint sous la poussière. À côté, près du bidon de même couleur, luisait sourdement la plaque de laiton estampée donnée à chaque survivant, entre deux couronnes de feuilles de laurier, « Soldat de la Grande Guerre ». Dans un tiroir de la cuisine était rangé le long canif de son paquetage. Sur le bois du manche, en lettres profondes, il avait autrefois, là-bas, gravé ses initiales : MR.

Le bord du monde

Ravel ne parlait plus de la guerre depuis longtemps, quand, au mois de janvier 1929, il prit le train pour Vienne où on lui avait demandé de venir diriger ses œuvres. Sa célébrité était devenue considérable depuis sa tournée aux États-Unis où il avait été fêté de ville en ville. À l'étranger, plus qu'en France où les querelles de chapelle et les ragots de concierges conservaient aux salles de concert un charme villageois, celui de la musique entendue à travers les jalousies, il était souvent désigné comme le plus grand compositeur vivant. On le réclamait partout en Europe. Sa musique, sans esprit d'école, ralliait les modernes et les classiques. Les amateurs y trouvaient l'expression suprême du goût français, d'une légèreté indéfinissable, porté à la perfection par ce petit homme élégant et racé, indifférent aux honneurs qu'il acceptait par politesse, et à l'argent, qu'il ne demandait que par nécessité et justice. Une certaine légèreté, oui, celle d'une âme anxieuse qui par la musique se dégage des tourments et pesanteurs, et s'accorde à l'équilibre des choses. Alors, pendant un instant, presque immobile, au bord du silence, elle repose, regarde et voit tout ce qui est sous le ciel et sur la terre.

Il avait eu l'idée, après avoir lu le livre de Joseph Delteil qui venait de faire scandale, d'une *Jeanne d'Arc*. Il aurait voulu composer un opéra sur cette histoire. Le projet avait ramené son imagination sur les bords de la Meuse. Là, Ravel parlait à la petite paysanne, l'observait en train de mener la vache au pré, de cueillir des cerises, de ramasser et lier des fagots de branches, de cueillir des fleurs pour l'église, d'écouter le curé faire le catéchisme et de chahuter avec les autres enfants de Domrémy. Elle passait la rivière à gué, ignorant que cette eau rase sur les cailloux était un fleuve et s'en allait droit vers la mer du Nord. Il cherchait sur la jeune fille et les choses qui l'environnaient les signes de l'élection, et ne voyait que l'estuaire du ciel sur la grande vallée meusienne, la terre lourde et riche des inondations de mars et d'avril, l'épais moutonnement des bois favorisés des pluies. Ce n'était pas la Lorraine. La Lorraine, qui commençait de l'autre côté de l'eau, était avec les Anglais. C'était, entre Marne et Meuse, le Barrois. En 1916, il en avait sillonné la forêt avec un camion militaire et avait marché dans ses sentiers. Il en connaissait les oiseaux, les clartés sous-marines et le doré des lisières. Cela suffisait. Il connaissait Jeanne. Il avait étudié la suite de son histoire, comment elle était allée à cheval de Vaucouleurs à Orléans avec quelques compagnons et comment, au bord de la Loire, elle avait reconnu le roi dans son château de Chinon, et à l'écart des courtisans lui avait parlé. Il savait les batailles, la délivrance des villes du royaume, le sacre à Reims, l'échec devant Paris, la prison à Compiègne. Elle avait eu peur de mourir, s'était reniée et le lendemain avait repris avec l'habit d'homme sa parole de femme. Alors, les Anglais et leurs complices l'avaient brûlée vive à Rouen, sur la place du marché. Il entendait son cri. La musique était là, elle jouait en lui. Il ne restait plus qu'à composer.

Il avait eu aussi le projet d'un *François d'Assise*. Ce jeune moine italien que ses amis appelaient le Français, « Francesco », parce qu'enfant il avait vécu en France et en parlait la langue, était devenu son ami du jour où il l'avait connu. Les oiseaux de l'Ombrie du XIIIe siècle étaient aussi ceux des forêts de Verdun qui l'avaient consolé de la violence des hommes, de leurs pauvres et futiles querelles. Pinsons, merles et chardonnerets étaient les mêmes que ceux de la forêt de Rambouillet où il allait presque chaque jour. Il avait noté leurs chants. Les mains pleines d'oiseaux du saint italien, il les entendait aussi. Composer, composer… Le temps lui manquait, sa musique le débordait, allait plus vite que lui, que ses forces humaines, que sa pensée.

Pour se tenir au travail et en chasser les affres, Ravel avait désiré et organisé une vie d'alternances, entre réclusion volontaire à Montfort-l'Amaury et vagabondage ferroviaire en Europe. Cette sensation d'allégement, d'une libération soudaine de l'angoisse quotidienne, il commençait de l'éprouver dès que le train s'était ébranlé en gare de Montfort pour l'emmener à travers le plateau couvert de blé, la vallée de Chevreuse et le bois de

Meudon vers d'autres gares, plus vastes, plus hautes, plus résonantes et d'autres trains, plus grands, plus confortables, plus rapides. Il aimait partir le matin, quand la vie avait l'air de recommencer. Il aimait partir le soir dans les express internationaux, quand le convoi, toutes lumières allumées, semblait se détacher de la terre pour filer dans la profondeur de la nuit. Il était alors une de ces silhouettes, ombres chinoises que l'on apercevait au milieu des rectangles dorés des fenêtres de la voiture-restaurant, silencieux fantômes dans l'énigme du voyage. L'image, un instant arrêtée par le regard, fondait dans le collier lumineux aspiré par l'invisible. Il dînait en lisant un livre. De temps en temps, en portant le verre de vin rouge à ses lèvres, un vin puissant, propice au sommeil, il regardait la nuit à travers la vitre et, flottant dessus, le reflet de son visage, sa main et la veste blanche du garçon qui le servait. Après le cognac et la dernière cigarette, il revenait vers le wagon-lit dans le doux déséquilibre d'une légère ivresse et des oscillations de l'express. Il passait d'une voiture à l'autre par les tressautants soufflets de communication où la gifle de l'air froid et le hurlement de la vitesse le dégrisaient d'un coup. Il se dévêtait, enfilait un pyjama de soie, faisait ses ablutions, serré dans le minuscule cabinet de toilette, puis se glissait entre les draps de la couchette. Il écoutait le tac-a-tac des roues aux jointures des rails, le bruit affolé de l'air contre la fenêtre de sa cabine, et s'endormait dans le voyage que le sommeil et la nuit faisaient pour lui.

À la fin du mois de janvier 1929, Ravel avait quitté Paris pour Vienne. Parti de la gare de l'Est, le pullman avait franchi les Alpes pendant la nuit d'hiver. Les voyageurs s'étaient réveillés au petit matin dans leur cabine éblouie de lumière. Le train traversait des champs de neige que l'aurore teintait de rose. C'est en buvant une tasse de café au wagon-bar, le regard sur la campagne immobile et filante, qu'il se souvint de la rencontre de la veille. Quelqu'un l'avait reconnu, n'avait cessé de le fixer pendant tout le dîner et l'avait suivi jusqu'à la voiture-salon. Installé dans un fauteuil, Ravel fumait une dernière cigarette, lorsque l'inconnu l'avait abordé. Après avoir déclaré son admiration au musicien, qui n'avait pas réussi à le décourager, il lui avait exposé une étrange théorie. D'une voix douce et persuasive, il avait affirmé que les hommes vivent plusieurs vies consécutives, jusqu'à ce que leurs actes les rendent dignes d'un monde dont la beauté est inconcevable, et que de tous les mortels, les musiciens étaient les plus proches du terme ultime, de la béatitude ineffable, puisqu'ils en répandaient le son, en suggéraient l'idée et en fondaient la croyance parmi les hommes. L'inconnu avait posé la main sur l'épaule du musicien qui, malgré sa volonté, ne parvenait pas à faire le mouvement qui l'aurait dégagé. Il avait incliné son visage aux traits insaisissables, et murmuré à l'oreille, en lui appliquant l'index sur la poitrine, que nul, de son vivant, ne s'était approché plus près que lui, Maurice Ravel, de la porte qu'à leur dernier jour franchissent tous les mortels. L'homme avait ajouté, si bas que la mémoire du musicien n'en était pas sûre : « … au seuil de la porte, et peut-être un peu au-delà. » Ravel revoyait la scène avec tant de précision, et tant de réalité dans chacun de ses détails, qu'il mit longtemps à se persuader qu'il l'avait rêvée.

Sur le quai de la gare de Vienne patientaient les organisateurs des concerts que le musicien français devait donner dans la capitale autrichienne. Ravel, encore sous l'effet de sa vision, engourdi dans l'impression persistante du rêve, sentit à peine le froid qui justifiait les pelisses du comité d'accueil. On le conduisit à son hôtel. Commença alors le rituel de la tournée internationale, entre spectacles et réceptions, dîners et toasts, dédicaces et discours, journalistes et personnalités. Il dirigea *La Valse* comme il l'avait fait quelques années auparavant, juste après sa création, et interpréta plusieurs de ses œuvres au piano. Chaque soir, la salle était comble. Les mélomanes autrichiens et les curieux voulaient voir de son vivant le grand compositeur, ce Français qui aimait leur musique, celle de Mozart, des Strauss et de Schönberg, et le disait. Ils savaient que pendant la guerre il avait pris publiquement la défense de leurs maîtres contre ses propres compatriotes affolés.

À l'occasion d'une soirée de repos, Ravel avait demandé à assister à un concert de Richard Strauss dirigeant sa musique. On l'emmena voir et écouter une curiosité, une des pièces pour la main gauche que le compositeur venait d'écrire pour le pianiste Paul Wittgenstein, résident viennois comme lui. Engagé volontaire, le virtuose avait été blessé au début de la guerre, sur le front russe, et il avait fallu l'amputer du bras droit. Il avait poursuivi sa carrière à force de courage et de volonté, en travaillant le répertoire adapté à son invalidité. La fortune dont il avait hérité lui permettait de passer commande aux plus grands compositeurs contemporains d'œuvres pour sa main seule qu'il interprétait un peu partout en Europe et dans le reste du monde. Après le concert, Ravel avait retrouvé le compositeur et le pianiste au foyer. En buvant une coupe de champagne, ils avaient bavardé en français sous les lustres. Ravel avait dit sans réserve, droit et vrai comme toujours, son admiration à Richard Strauss. Il avait complimenté aussi le pianiste héroïque, en s'efforçant de ne pas regarder la manche vide agrafée à sa poitrine. Pendant le concert, en revanche, il avait observé intensément la posture du manchot sur son siège, ses jambes écartées, son buste droit, raidi par l'effort imperceptible des muscles dorsaux qui équilibraient le bras unique. Et ce bras gauche, comme la solitude, paraissait démesuré. À travers le pays des neiges, entre les montagnes qu'il laissait derrière lui, Ravel rentra à Paris le lendemain.

Il n'entendit plus parler de Paul Wittgenstein, puis, quelques mois après leur rencontre, il reçut à Montfort-l'Amaury une lettre venue d'Autriche. Le pianiste manchot lui demandait d'écrire un concerto qu'il interpréterait de la seule main gauche. Il se trouvait que Ravel, venant d'achever *Le Boléro* à l'automne 1928, travaillait déjà sur un concerto pour piano, celui-ci destiné au Boston Symphonic Orchestra. La sollicitation venue d'outre-Atlantique n'avait d'ailleurs été qu'un prétexte : il avait depuis longtemps, bien avant la guerre, le projet d'une œuvre dans cette forme alors démodée. Malgré le long mûrissement de l'idée et la contrainte d'une date de livraison fixée par Serge Koussevitsky, chef du Boston, il n'en avait jusqu'alors esquissé que quelques mesures.

Pendant cette période, Ravel ne quittait guère sa maison que pour les rues du bourg et les chemins familiers des sous-bois. On ne le voyait quasiment plus à Paris où l'on commençait de le surnommer l'ermite de Montfort-l'Amaury. La correspondance s'entassait sur son bureau. Il ne la lisait pas et réservait toute son énergie au papier à musique et au clavier, entre les murs de son cabinet de travail. La violence de la gestation ne s'était pas atténuée avec les années, au contraire, elle s'augmentait chaque fois du désir de faire mieux, plus beau, plus juste, plus grand, plus simple, à mesure d'homme. Les escargots sous les pierres, les mésanges sur les branches, les corbeaux dans le ciel, les promeneurs montant au château dans la brume froide et le voisin faisant brûler des feuilles mortes, entendaient, venus du Belvédère, des bribes de piano et des airs bizarres chantonnés d'une voix forte. Ravel se donnait du mal et ne progressait guère. La commande de l'ancien soldat de l'empereur d'Autriche lui était parvenue dans ce moment où l'angoisse de ce qui demande à naître, avec sa vilaine, humiliante et nécessaire figure d'ébauche, parcourt en tous sens, jour et nuit, du fol espoir au lent désespoir, le vide que comblera l'œuvre. Le sentiment d'un manque, un manque devenu si grand, si impérieux, que la rêverie n'arrivait plus à distraire, indiquait que le temps était venu d'écrire. Ravel le savait d'expérience, pourtant il n'était jamais parvenu à apprivoiser cette phase ingrate de la composition. Il travaillait dur, avec l'application butée des anciens cancres et des faux paresseux, jusqu'à ce que sa volonté et sa science soient soulevées par une autre force, douce et puissante.

La mystérieuse inconnue n'avait jamais fait défaut. Le moment venu, elle l'enlèverait, comme la vague le nageur, et, soudain délivré de la pesanteur, l'emporterait et le déposerait, dans la surprise et le ravissement, là où il avait toujours voulu.

Quand le facteur apporta la commande de Paul Wittgenstein, Ravel était loin d'avoir atteint ce stade dans l'œuvre en cours. Il avait beau allonger ses marches dans la forêt de Rambouillet, craquante de gel ou noyée dans le ciel, de son balcon souffler la fumée de ses cigarettes vers l'horizon, le *Concerto en sol* n'avançait guère. Mme Reveleau se faisait discrète dans la cuisine et son chiffon semblait chasser les bruits de la maison. Elle lui cuisait des steaks épais qu'il mangeait bleus, avec les haricots verts mis en bocaux l'été précédent. La lettre de l'Autrichien, où Ravel avait cru déceler, à la graphie, le tremblé du gaucher malgré lui, l'avait conduit ce matin-là vers la fenêtre, son bol de café à la main. Debout, il regardait le bandeau brun et doré de la forêt sous les gris tourmentés de l'automne. Il déposa le bol vide dans la cuisine, enfila son pardessus, prit son chapeau, sa canne et son paquet de Caporal, et s'en alla vers les bois. Le soir même, il commençait de composer le *Concerto pour la main gauche*.

Dans son cabinet du Belvédère, au-dessus de Montfort immobile, Ravel travaillait avec un entrain et une facilité qu'il avait peu connus. Il regardait par la fenêtre de temps en temps, pour reposer ses yeux et raviver à la clarté du jour des reflets intérieurs. Sous les toits de la petite ville, la vie allait : le patron du bistrot remontait des bouteilles de la cave, le menuisier lissait de la main le bord d'une planche, le curé préparait le sermon du dimanche, la couturière approchait son ouvrage de la fenêtre, la boulangère empilait des pains sur le comptoir, les maçons ajustaient des pierres, la postière triait le courrier, le garagiste démontait un carburateur, le maire recevait le sous-préfet dans son bureau, les écoliers écrivaient sous la dictée de l'institutrice, le médecin écoutait des battements de cœur. À quelques pas de l'école, sur le monument aux enfants de la commune morts pour la France, brillaient de l'éclat du neuf les lettres d'or de soixante-huit noms. Ravel se souvenait de son inauguration, de la petite foule sous les parapluies, avec toutes ces femmes en noir, le drapeau porté par un ancien de 1870, le clairon et les anciens combattants, si jeunes encore, l'un, appuyé sur son pilon de bois, l'autre, abrité sous la pèlerine de sorte que l'on ne savait plus lequel de ses bras manquait, et celui-ci dont on devinait en frissonnant la chair rose et grumeleuse derrière le demi-masque en cuir. Sous le toit de la maison de Ravel, le cuir de la coiffe du casque qu'il portait à Verdun était encore souple.

Dans un coin de ce paysage du sud-ouest de l'Île-de-France, entre le château de Versailles et celui de Maintenon, entre la vallée de la Seine et le massif de Rambouillet, abeille vibrant sur le motif, le musicien rassemblait et ordonnait les puissances de l'orchestre dans une fresque roulante, brutale et rythmée. Du bruit qui sourd du silence, un grondement qui enfle : le peuple des sons se rassemble et foisonne. En lisière, le piano, et devant, un homme, petit et fragile, comme tous les hommes. En lui, seul le chant est fort. Alors chante, piano, chante, malgré l'obscurité et la forêt mauvaise qui marche. Marche des troupes, marche des chevaux, marche des batteries, marche des camions qui tirent les énormes canons et portent les soldats par sections. Et leur noria avance, avance, avance,

avance dans la nuit traversée de bruits étranges. Ils passent sur la crête, là-haut, sur la route nationale. On ne voit rien, juste une lueur parfois. Les bâches des camions sont rabattues par-dessus les hommes casqués, leurs phares sont peints en bleu. Glisse dans les interstices du tohu-bohu, le chant entrecoupé et délicat du piano. Il flâne, s'inquiète, est enrôlé et marche à son tour, volontaire, obstiné, héroïque, au milieu de la masse hurlante. Mais le grondement enfle encore et le rythme s'accélère et devient fou, et sa folie accroît sa puissance. Il faut en finir, quitter ce que l'on ne peut plus suivre et qui broie, écrase et court au néant. En quelques notes rapides, puis lentement détachées du clavier, la main gauche palpite, encore vivante. Quelques notes claires dans les ténèbres, et c'est comme une énorme bulle remontée des profondeurs, gorgée de lumière, qui s'ouvrirait au visage. La souffrance s'éteint, l'angoisse disparaît, et la beauté familière, si mal connue et tout à coup dévoilée, donne son dernier baiser. C'est la vie qui reflue et rappelle à celui qui la perd, juste avant la fin, le meilleur de sa chanson. Ainsi, l'homme frappé à mort revoit en un instant, très nets, très précis et très heureux : les rues au matin, l'école et les bons camarades, les hirondelles et les hannetons de mai, la pêche dans la rivière, le jardin du grand-père, le cerisier, les toits de la ville sous le soleil, les feux du 14 Juillet, l'arbre de Noël, la carriole et le trot du cheval dans la forêt, le château entre les arbres, les lampions de la fête, et, sous la lampe allumée d'un soir d'automne, le beau et souriant visage de la mère.

La facilité d'écriture quitta Ravel aussitôt qu'il eut achevé son *Concerto pour la main gauche*. Sur l'élan, il avait enchaîné avec le *Concerto en sol* provisoirement délaissé, mais la parenthèse enchantée s'était refermée avec les dernières mesures de la commande de l'Autrichien. Le musicien considérait l'étrange paradoxe qui avait réservé la grâce de créer vite à l'œuvre de la nuit, et le dur et lent labeur, à l'œuvre de midi. C'était ainsi. Le 11 novembre 1931, son manuscrit sous le bras, il traversa d'un bon pas Montfort pavoisé dans la brume mouillée et prit le train de Paris. Il se rendait chez Marguerite Long. Il avait téléphoné à la pianiste le matin même pour la prévenir qu'il débarquerait chez elle tout à l'heure, avec la composition qu'il lui dédiait. Il avait vite raccroché, avait enfilé son imperméable puis, la partition serrée contre lui, s'en était allé.

Le *Concerto en sol* fut créé le 14 janvier 1932 à Paris avec un grand succès. Ravel partit ensuite avec Marguerite Long, pendant quatre mois, en diriger l'exécution dans toute l'Europe. Lors de l'étape viennoise, il retrouva Paul Wittgenstein. Celui-ci était venu quelques mois auparavant à Montfort-l'Amaury prendre livraison de son concerto. Ravel recevait peu, et seulement des intimes. Il avait pourtant tenu à accueillir chez lui le pianiste mutilé pour lui présenter l'œuvre. Ils s'étaient installés dans le cabinet de travail. En quelques mots le compositeur avait expliqué, avec des gestes larges, bras déployés, paumes ouvertes balayant l'air, et en soufflant dans ses joues maigres, ce que devait être l'orchestre. Puis, l'Autrichien assis à côté de lui, il avait joué, en y mettant les deux mains, la partie de piano.

À Vienne comme partout, le *Concerto en sol* fut acclamé. Mettant à profit le passage dans sa ville du compositeur, Wittgenstein donna chez lui un banquet en son honneur auquel assistait l'ambassadeur de France. Après le dessert, l'hôte se mit au piano, tandis que sur un second piano un partenaire se chargeait de la partie de l'orchestre. Le virtuose autrichien, sans doute pour faire montre de l'étendue des ressources de sa seule main gauche, avait augmenté les phrases du piano de quelques arrangements personnels. Ravel, glacial, protesta et s'en alla. Rentré à Paris, il usa de toute son influence pour interdire à Wittgenstein de venir interpréter son concerto en France, jusqu'à ce qu'un accord fût trouvé entre le pianiste et le compositeur. Lorsque les six années d'exclusivité réservées par contrat au commanditaire furent échues, le *Concerto pour la main gauche* put enfin être joué exactement comme le souhaitait l'auteur. La création à Paris eut lieu le 19 mars 1937, par Jacques Février, sous la direction de Charles Munch. Ravel assista au concert, mais, très malade, absent à lui-même, nul ne sut ce qu'il en entendit. Il mourut à l'hôpital quelques mois plus tard, le 28 décembre, à la suite d'une opération au cerveau, ultime tentative pour l'arracher à la nuit.

Ravel avait été frappé d'un mal mystérieux quatre années auparavant. Sans que son intelligence et sa conscience du monde en fussent altérées, il était empêché d'écrire et de composer par une incapacité complète de lier sa main à ce qu'il continuait d'imaginer. Au début, la confusion de son écriture, autrefois si nette et ordonnée, était présumée résulter de ses déplacements en chemin de fer, ses soudaines absences et ses longues distractions, du surmenage. Poursuivant, selon toute apparence, une existence normale, fréquentant la société, allant au spectacle et dans les cocktails, il donnait pourtant des signes croissants de désarroi. Au concert où ses amis l'accompagnaient, il arrivait qu'il entende ses propres œuvres. Il ne disait rien, mais aux larmes dans ses yeux, on était sûr qu'il les reconnaissait. En octobre 1932, à Paris, la collision avec un autre véhicule du taxi dans lequel il se trouvait l'avait blessé sérieusement au visage et au torse. Les dommages causés par cet accident absurde précipitèrent sans doute le processus dégénératif qui l'affectait. Tout vif, en pleine conscience, Ravel était dépossédé du plus précieux de ses facultés. Il s'en rendait compte beaucoup mieux que son entourage et s'efforçait de masquer la réalité de sa maladie. Au fil du temps, les symptômes s'aggravant, il parvenait de moins en moins à donner le change. Dans les derniers mois, nul ne pouvait ignorer, à voir son visage figé, ses traits mornes, terriblement vieillis, son regard fixe et vide, que le grand musicien n'était plus que l'ombre de ce qu'il avait été. Immensément triste, il hantait sa propre existence. La sollicitude de ses proches et les meilleurs spécialistes ne parvenaient pas à empêcher l'effacement en lui-même du génie. Cependant, il continuait d'aimer la vie, et tout ce que ses yeux lui montraient du monde.

La gravité de l'étrange maladie était pleinement apparue à Ciboure, pendant l'été 1933, comme Ravel se baignait dans l'Atlantique. Il nageait, lorsqu'il s'aperçut, soudain, qu'il ne parvenait plus à diriger ses gestes, à coordonner les mouvements de la brasse qu'il pratiquait, sans y songer, depuis plus de cinquante ans. Il avait beau se concentrer, mettre toute son attention, toute sa volonté dans les mouvements d'extension et de flexion qu'il commandait à ses bras et à ses jambes, ne répondait à son effort qu'une gesticulation ridicule. Il allait se noyer devant le port de pêche où il était né. Il voyait, la tête renversée, de larges pans du ciel bleu, tachés des éblouissements du soleil, tandis que vers l'azur, dans la lumière blonde, s'élevaient les jaillissements argentés de l'écume. Dans ses yeux écarquillés par l'angoisse, lavés par la mer, les petits nuages ronds des beaux jours, les sommets dorés de la montagne, les hautes façades des quais passaient successivement, images arrêtées entre les transparences de l'eau. Il allait disparaître. Il entendait, venus du rivage par bouffées, les appels joyeux des enfants, les claquements des voiles et les cris des mouettes. Le goût du sang se mêlait dans sa bouche à celui de l'eau salée.

Ravel ne mourut pas ce jour-là. Il était parvenu à se renverser sur le dos pour faire la planche et, on ne sait comment, rejeté par une vague, halé par un ami, avait pu revenir au rivage. Il avait fait quelques pas incertains, essoufflé et tremblant, et, sans forces, s'était laissé tomber sur le sable. La tête abandonnée, le buste bien à plat, les membres déployés, la bonne chaleur du soleil avait séché le sel sur sa peau et réchauffé son corps. Le sang avait circulé dans ses doigts, son cœur étonné s'était apaisé. Il avait senti sous lui la solidité de la terre. Il s'était redressé sur les coudes, avait pris appui sur les mains et s'était assis. Il avait regardé l'océan comme il l'avait toujours fait après le bain. Le ciel, la surface brillante de la mer, le bruit croulant de ses rouleaux, la grande plage, les épaules nues des baigneurs, les digues et châteaux des enfants, leurs cerfs-volants vibrants, les rubans de couleurs flottant derrière eux, les géométries blanches des voiliers et la barque qui s'éloignait, tout était pareil, beau et familier. La nuit viendrait, un autre jour la suivrait. Il était revenu sur le bord du monde, mais son chant l'avait quitté.

Je remercie Manuel Cornejo, président de l'association des Amis de Maurice Ravel, pour les informations qu'il m'a apportées avec ferveur et précision, et Claude Moreau, qui fait de chaque visite de la maison de Maurice Ravel à Montfort-l'Amaury un moment inoubliable.

Table

Cet ouvrage a été achevé d'imprimer par Maury, à Malesherbes, en juillet 2016 pour le compte des Éditions La Table Ronde.

Dépôt légal : septembre 2016.
N° d'édition : 302015.
ISBN 978-2-7103-7998-0
ISSN : 1160-3100.
N° d'impression : 210602

Imprimé en France